AF523049

JOHANNES WILKES

Max und Moritz

Was wirklich geschah

BÖSE BUBEN Tante Dörte ist in größter Sorge. Max und Moritz, ihre Lieblingsneffen, sind verschwunden. In ihrer Not wendet sie sich an Karl-Dieter und Mütze, den knallharten Kommissar. Die beiden Freunde brechen auf, um sich in Finsterfelde, einem verschlafenen Kaff, auf Spurensuche zu begeben. Schnell stoßen sie auf allerlei Merkwürdigkeiten. Das Dorf ist eine verschworene Gemeinschaft, jeder Fremde wird misstrauisch beäugt. Schneider Böck und seine Frau, Lehrer Lämpel, Onkel Fritz, der Müller – keiner rückt mit der Sprache heraus. Auf welche Weise ist der Vater von Max und Moritz, der Mann von Witwe Bolte, verstorben? Tatsächlich an einem Herzinfarkt? Und Witwe Boltes Hühner? Sind sie wirklich von Max und Moritz gemeuchelt worden? Und was sollen die merkwürdigen Bildergeschichten am Friedhof, die sich über die verschwundenen Jungen lustig machen? Wer steckt dahinter? Max und Moritz – Mützes verzwicktester Fall.

Johannes Wilkes, Jahrgang 1961, lebt in Berlin und Bayern. Der Autor von Romanen, Krimis und Reisebüchern ist mit zahlreichen Literaturpreisen ausgezeichnet worden, seine Bücher wurden in mehrere Sprachen übersetzt.

JOHANNES WILKES

Max und Moritz

Was wirklich geschah

Kriminalroman

GMEINER

Immer informiert

Spannung pur – mit unserem Newsletter informieren wir Sie regelmäßig über Wissenswertes aus unserer Bücherwelt.

Gefällt mir!

Facebook: @Gmeiner.Verlag
Instagram: @gmeinerverlag
Twitter: @GmeinerVerlag

Besuchen Sie uns im Internet:
www.gmeiner-verlag.de

Im Ehnried 5, 88605 Meßkirch
Telefon 07575/2095-0
info@gmeiner-verlag.de

1. Auflage 2021

Lektorat: Claudia Senghaas, Kirchardt
Herstellung: Julia Franze
Umschlaggestaltung: U.O.R.G. Lutz Eberle, Stuttgart
unter Verwendung eines Fotos von: © https://commons.wikimedia.org/wiki/File:Max_und_Moritz_(Busch)_001.png
Druck: CPI books GmbH, Leck
Printed in Germany
ISBN 978-3-8392-0049-0

Personen und Handlung sind frei erfunden. Ähnlichkeiten mit lebenden oder toten Personen sind rein zufällig und nicht beabsichtigt.

Wehe, wehe, wenn ich auf das Ende sehe!

Wilhelm Busch

FREITAG

ERSTES KAPITEL

»Ne, komm, das ist nicht dein Ernst!«
»Mensch, Mütze, das ist ein Notfall!«

Dieser denkwürdige Dialog war genau drei Tage alt, als Mütze und Karl-Dieter vor der Pension *Zum ewigen Frieden* vorfuhren. Mützes Laune hatte sich um keinen Deut verbessert. Was für ein Schwachsinn! Zwei kostbare Urlaubswochen dafür zu verschwenden, zwei entlaufene Bengel wieder einzufangen. Als knallharter Mordkommissar hatte er für solch eine Aktion nur ein schlappes Lächeln übrig.

»Sie sind nicht entlaufen, da muss etwas passiert sein!«

»Ich weiß schon, Tante Dörte …«

»Hat Tante Dörte mich jemals mit etwas belästigt? Wenn sie uns um Hilfe bittet, dann brennt's.«

Die Pension *Zum ewigen Frieden* kam in keinem Buchungsportal vor und vermutlich hätte sich selbst das windigste aller Buchungsportale geweigert, dieses Etablissement zu listen. Man hätte die Hütte locker in ein Freilichtmuseum versetzen lassen können, in die Abteilung »Schlichte Beherbergungsbetriebe der ostdeutschen Nachkriegszeit«, wo sie die Leute zu Tränen rühren würde. Nicht die kleinste Veränderung bräuchte man vorzunehmen, die Pension befand sich noch im Originalzustand. Die Häkelgardinen vor den Fenstern waren, soweit nicht von Eumeln angefressen, in Würde ergraut, die Sukkulenten auf den Marmorfensterbrettern zu solchen Monstern angewachsen, dass es kaum mehr ein Sonnenstrahl in den Frühstücksraum mit seinen Resopaltischen schaffte, die niedrigen Zimmerdecken waren zu allem Überfluss mit ausgeblichenen Brettern vertäfelt. In der Ecke der Rezeption schaukelte eine klebrige Fliegenfalle, und über der Eingangstür hing noch das Reklameschild einer längst erloschenen Biermarke.

»*VEB Adler-Brauerei*«, grinste Mütze, »ein wilder Vogel, schau, wie er sein rotes Gefieder spreizt!«

»Denk daran, wir sind inkognito«, sagte Karl-Dieter, als er die Klingel drückte.

»Aye-Aye, Chef.«

Es bellte. Laut und hart, wie Hunde bellen, deren einzige Waffe ihre Stimme ist: »Rawau! Rawau!« Heftig fing eine heisere Frauenstimme an zu schimpfen, das Bellen verstummte schüchtern und ging in ein Winseln über, dann wurde die Tür geöffnet. Nicht nur die Pension, auch die Wirtin schien aus der Zeit gefallen. Ganz in Schwarz gekleidet, mit einem schleifenbesetzten Kapotthütchen auf dem grau melierten Haar, begrüßte sie ihre Gäste mit einem Gesicht, als ob ihr diese die Pest ins Haus trügen. Misstrauisch blinzelten ihre Augen unter den hängenden Lidern hervor, nur mit Mühe gelang es ihr, an der ausladenden Knubbelnase vorbeizuschielen.

Nachdem die Wirtin die Hausregeln heruntergeleiert hatte, händigte sie Karl-Dieter einen Holzanhänger aus, an dem die Schlüssel baumelten. Dick wie eine Billardkugel war das Ding, wohl, damit es kein Gast bei der Abreise versehentlich einsteckte.

»Punkt 22 Uhr herrscht Hausruhe«, brummte die Alte, »und keine Damenbesuche auf dem Zimmer!« Darauf zog sie sich schlurfend in ihre Privaträumlichkeiten zurück.

ZWEITES KAPITEL

»Autsch!« Mütze schrie auf und zog die Hände aus dem Waschbecken zurück. Glühend heiß war es ihm über die Finger gelaufen.

»Du musst beide Hähne aufdrehen«, lachte Karl-Dieter, »links kommt das kalte Wasser heraus.«

Mit Sorgenfalten hingegen betrachtete Karl-Dieter die Zimmermöblierung, Gut, dass er das Sagrotanspray mitgenommen hatte! Bevor er ihre Kleider in den furnierten Kleiderschrank legte, sprühte er die Fachträger tüchtig ein und wischte mit den Einmaltüchern hinterher. Sicher ist sicher. Wer weiß, wo sich die Bettwanzen tagsüber versteckt hielten? Mütze würde natürlich nie auf die Idee kommen, Sagrotanspray mit auf Reisen zu nehmen. Wie lange waren sie nun schon verpartnert? 20 Jahre? Ein Spray nahm Mütze höchstens in der Hand, um die Alcantara Sitze seines Opel Mantas zu reinigen.

»Und dann die Wirtin! Die alte Schachtel, die ist doch ebenfalls museumsreif! Hast du den schwarzen Vorhang gesehen, der ihr von ihrem albernen Hut übers Gesicht fällt?«

»Psst! Was redest du, Mütze? Sei froh, dass sie uns übernachten lässt. Schließlich trauert die Ärmste. Deshalb die Kleidung.«

»Du meinst …«

»Genau. Wenn du mir zugehört hättest, wüsstest

du's noch. Es handelt sich um die Witwe von Erwin Bolte.«

»Die Mutter der beiden entlaufenen Teenies?«

»Die Stiefmutter von Max und Moritz, genau.«

»Erwin Bolte hat die beiden Bengel mit in die Ehe gebracht?«

»Du sagst es.«

»Dann wundert mich gar nichts mehr.«

»Wieso?«

»Der Dame wäre ich auch davongelaufen.«

»Mensch, Mütze! Noch mal von vorne. Max und Moritz haben nicht bei ihren Eltern gelebt, die beiden waren im Spreewald untergebracht, im Knabeninternat Cool-Kids, der vormaligen Besserungsanstalt Doktor Göbel.«

»Und was suchen wir dann hier?«

»Tante Dörte sagt, als sie Nachricht vom Tode ihres Vaters mitgeteilt bekamen, seien sie aus dem Internat getürmt und hierher nach Finsterfelde gefahren, weißt schon, zur Beerdigung. Dann aber verläuft sich ihre Spur. Die Wirtin hat eine Vermisstenmeldung aufgegeben, das war's, niemand will sie wieder gesehen haben.«

Nicht, dass Mütze etwas dagegen hätte, im Urlaub auf Verbrecherjagd zu gehen. Ganz im Gegenteil! Aber das hier war doch kein Verbrechen, das war ein schlichtes Familiendrama. Dafür war das Jugendamt zuständig und nicht die Kripo, fertig aus. Was sollte zwei jugendlichen Bengeln denn schon zugestoßen sein? Die beiden hatten sich, geschockt vom Tod ihres Vaters, mit ihrer Stiefmutter gestritten und waren auf in die große weite Welt.

»Vielleicht nach Neuseeland, da wollen sie doch jetzt alle hin, wegen dieser Orks und dem Herrn der Ringe.«

»Wegen des Herrn der Ringe.«

»Wie bitte?«

»Aber Mütze«, sagte Karl-Dieter, ohne weiter auf grammatische Finessen einzugehen, »wie sollten die beiden denn an Flugtickets gelangen? Die Zwillinge werden doch erst nächstes Jahr 18.«

Mütze zog die Stirn kraus und ein Foto aus seiner Schimanskijacke: »Zwillinge? Sehen sich doch gar nicht ähnlich. Die Gesichter, die Frisur.«

»Schon mal was von zweieiigen Zwillingen gehört?«

Während Karl-Dieter die Sagrotanbehandlung im angrenzenden Bad fortsetzte – je älter er wurde, desto größeren Wert legte er auf Hygiene – griff Mütze zu seinem Feldstecher und spähte aus dem Fenster. Von ihrem Zimmer sah man über den verwilderten Garten der Pension und die benachbarten Felder, am Horizont begrenzte ein Wäldchen den Blick. Wenn man sich weit nach rechts lehnte, tauchte ein Flügel der alten Windmühle auf. Die Windmühle war der ganze Stolz von Finsterfelde, ihr allein war es zu danken, dass sich hin und wieder ein paar Touristen in dem Kaff verirrten, ansonsten hatte Finsterfelde nur Schlagzeilen bei der letzten Landtagswahl gemacht. Nirgendwo sonst hatten die *Alten Naiven für Deutschland* ein solches Ergebnis eingefahren, 88,9 Prozent. Über die Gründe hatte sogar *Die Zeit* gerätselt und ein Reporterteam hinausgesandt, niemand der Befragten aber kannte jemanden, der die ANfD gewählt hatte, sodass vermutlich ein Irrtum bei der Auszählung an dem Phänomen schuld sein musste.

Mütze richtete den Feldstecher nun auf einen alten Apfelbaum, der in der Mitte des Gartens stand.

»Seltsam«, brummte er und drehte an dem Rädchen.

»Was ist?«, rief Karl-Dieter, während er die Zahnputzbecher kritisch inspizierte.

»Da hängt so komisches Lametta in den Zweigen, sieht aus wie abgeschnittene Bindfäden.«

Mütze suchte die nähere Umgebung ab.

»Und das da, unter dem Baum, was haben all die zerbrochenen Eierschalen dort zu suchen?«

»Wir kriegen zum Frühstück Eier von hauseigenen Hühnern«, rief Karl-Dieter, während er sicherheitshalber auch den abgewetzten Teppichboden des Zimmers mit Sagrotan bedampfte, litt er doch seit einiger Zeit unter einer ausgeprägten Fußpilzphobie. »Hab's auf der Schiefertafel gelesen, die in der Rezeption hing.«

»Rezeption?« Mütze lachte auf. Die verstaubte Theke hatte mit einer Rezeption ungefähr so viel zu tun wie Herne-West mit der deutschen Meisterschaft.

Der Abend war gekommen, zu Essen gab's im *Ewigen Frieden* nichts. Das Haus war eine reine Frühstückspension. Im Dorf gebe es eine Kneipe mit Abendkarte, hatte die Wirtin gemurmelt.

»Also was ist, gehen wir?«

»Nur noch die Türklinke«, sagte Karl-Dieter und ließ die Sagrotanflasche ein letztes Mal aufstauben.

DRITTES KAPITEL

Von einem Ortskern zu sprechen, war die reinste Übertreibung. Finsterfelde gehörte zu den Dörfern, in die man nur zwei Schritte tun konnte: einen hinein und einen hinaus. Fontane hatte in seinen *Wanderungen durch die Mark Brandenburg* Finsterfeldes Übersichtlichkeit gelobt, für ironische Kommentare schien es kein dankbareres Kaff zu geben.

»Warum ist er dann überhaupt hierhergekommen?«, wollte Mütze wissen.

»Er wollte eigentlich nur durchfahren, da brach der Kutsche ein Rad.«

Karl-Dieter war das wandelnde Fontanelexikon.

»Und wie hat er sich die Zeit vertrieben?«

»Er ist hinüber zur Windmühle, um sich einen Überblick über die Landschaft zu verschaffen.«

»Und? Hat sie ihm gefallen?«

»Ich glaub, nicht besonders. Zu viel Landschaft, das war nichts für Fontane.«

Die beiden Freunde hatten ihre Jacken im Zimmer gelassen. Der Juni war heiß, die Tage lang. Mützes Magen knurrte wie ein Löwe beim Anblick einer Gazelle. Hoffentlich gab es was Vernünftiges auf die Gabel. Am liebsten ein saftiges Eisbein oder ein argentinisches T-Bone-Steak. Mann, er hatte Urlaub! Brötchendiät war was für andere, nicht für einen durchtrainierten Kriminalkommissar.

»Und warum zum Teufel dürfen wir der Wirtin nicht verraten, was wir hier suchen?«, fragte er Karl-Dieter, als sie die staubige Dorfstraße entlanggingen. »Ich mein, sie hat doch die Vermisstenanzeige gestellt, sie dürfte doch froh sein, wenn wir uns kümmern.«

»Tante Dörte hat gemeint, wir sollten vorsichtig sein und zunächst undercover ermitteln.«

Tante Dörte! Das Wort seiner Ziehmutter war Karl-Dieter heilig. Mit Max und Moritz war die Tante weitläufig verwandt, so viel hatte Mütze verstanden. Der verstorbene Vater der Zwillinge, Erwin Bolte, sei Tante Dörtes Schwippcousin gewesen, was immer ein Schwippcousin auch war. Nach dem frühen Tod ihrer Mutter habe sie die Jungen in den Ferien immer mal wieder bei sich in Dortmund-Dorstfeld zu Gast gehabt, ganz bezaubernde Jungs, wie sie stets betonte. Und Max und Moritz müssen sich bei ihr pudelwohl gefühlt haben, ja es hätte stets Tränen gegeben, wenn der Abschied nahte, wusste Karl-Dieter. Nach Ablauf des Trauerjahres habe Erwin Bolte erneut geheiratet, die Wirtin des *Ewigen Friedens* aus Finsterfelde. Mit ihrer Stiefmutter aber hätten sich die Jungs überhaupt nicht verstanden, deshalb das Internat im Spreewald.

»Aber warum eine Besserungsanstalt? Sind die beiden denn solche Strolche gewesen?«

»I wo! Tante Dörte hat stets von ihnen geschwärmt, ich weiß auch nicht, warum es der Spreewald sein musste.«

»Und warum die Undercover-Geschichte? Hat

Tante Dörte dir gegenüber einen Verdacht geäußert? Traut sie der Wirtin nicht?«

»So direkt hat sie das nicht gesagt.«

Mütze schüttelte leise den Kopf und verzog das Gesicht. Solche Zeugen liebte er. Andeutungen machen, aber nicht mit der Sprache rausrücken. Glaubte Tante Dörte allen Ernstes, die Wirtin habe ihre beiden Stiefsöhne um die Ecke gebracht?

Die Kneipe *Zum Großen Kurfürst* war so heruntergekommen wie alles in Finsterfelde. Ein bärtiger Mann mit Hut saß einsam an der Theke und schien damit beschäftigt, etwas aufs Papier zu kritzeln, am Tisch im Eck saßen drei Männer und spielten Skat. Einer von ihnen, ein Schmachtlappen mit altertümlichem Zwicker auf der entzündeten Nase, schniefte ständig, sein Nachbar zur Rechten, ein älterer Mann mit gerötetem, ungesund nacktem Mondgesicht ohne Wimpern und Augenbrauen, schien die Intelligenz zu verkörpern, der dritte der Herren war deutlich zu breit für den schmalen Stuhl, zudem war er seltsam weiß bestäubt, sah fast aus wie ein Schneemann. Schwarz war nur seine Augenklappe, die ihm ein leicht verwegenes Äußeres verlieh. So saßen sie kartendreschend über ihrem Bier und sahen misstrauisch auf, als Mütze und Karl-Dieter den Raum betraten. Der Wirt, ein Mann mit verschmutzter Schürze und gemütlichem Gesicht, begrüßte die beiden Gäste.

»Gibt's noch was Warmes?«, fragte Mütze.

»Hühnerfrikassee.«

Mütze sah Karl-Dieter an. Karl-Dieter nickte. Hühnerfrikassee, warum nicht? Hatte es früher bei Tante Dörte an manchen Sonntagen gegeben. Mit frischen Champignons, Kapern und gebuttertem Reis ein Gedicht. Sie setzten sich, und Mütze bestellte sich ein Bier. Karl-Dieter hingegen fiel die Wahl schwerer, obwohl oder gerade weil die Auswahl an alkoholfreien Getränken sehr übersichtlich war. »Eine Apfelsaftschorle, bitte!«, sagte er nach langem Zögern.

Die Stammtischbrüder hatten die Karten beiseitegelegt, steckten die Köpfe zusammen und tuschelten. Zu Mützes Ärger hatte der Wirt das Radio lauter gedreht, sodass vor lauter Helene-Fischer-Gedudel nicht zu verstehen war, worüber sich die drei unterhielten. *Auf einmal stehst du da und lachst mich an, in meinem Kopf ist eine Achterbahn …* Mütze hasste es, inkognito unterwegs zu sein. Üblicherweise hätte er jetzt lässig seinen Dienstausweis gezückt. Schwungvoll hätte er sodann das Foto von Max und Moritz auf den Skattisch geknallt und die drei Herren gefragt, wer die beiden Jungen zuletzt gesehen hatte. Aber wenn Tante Dörte meinte …

Der Wirt brachte die Getränke und zwei dampfende Teller.

»Biofleisch«, sagte er mit geheimnisvollem Lächeln, als würde er Karl-Dieters Vorlieben erahnen.

Karl-Dieter war überrascht. Biofleisch! Nie im

Leben hätte er das erwartet, nicht in Finsterfelde, nicht in diesem Lokal.

»Von welchem Hühnerhof?«, wollte er wissen.

»Von hier natürlich, aus unserem schönen Finsterfelde«, bekam er zur Antwort, was ihn noch mehr erstaunte.

Karl-Dieter griff hungrig zu. Gar nicht mal so schlecht, das Frikassee. Nicht wie bei Tante Dörte mit Kapern und Champignons, sondern mit Spargel und Erbsen. Nur etwas zu viele Zwiebeln für seinen Geschmack, unauffällig schob er sie an den Rand, von dort löffelte sie Mütze entschlossen auf seinen Teller. Kein T-Bone-Steak, kein Eisbein, dann eben ein Frikassee.

»Es ist eigentlich gar kein Frikassee«, sagte Karl-Dieter, während er prüfend die Augen schloss.

»Was dann?«

»Es ist nach Art eines Blanketts zubereitet, anderes Garverfahren, andere Bindung.«

Mütze staunte wieder einmal. Karl-Dieter, das Schleckermäulchen. Nichts entging seiner Zunge. Auch die Damen vom Erlanger Hausfrauenbund, bei denen Karl-Dieter Kochkurse belegte, gerieten regelmäßig in Verzückung über Karl-Dieters sensorische Fähigkeiten. Während der Kommissar sein Frikassee oder auch Blankett verputzte, sah er immer wieder unauffällig zum Nachbartisch hinüber. Man hatte das Bier ausgetrunken und war zum Wein übergegangen. Täuschte er sich oder feixte man dort drüben? Dieses

Grinsen auf dem Mondgesicht und das fröhliche Niesen des Schmachtlappens, hatte das mit ihnen zu tun?

VIERTES KAPITEL

Auf dem Weg zurück, die Sonne kratzte schon über den Horizont, kamen die Freunde am Friedhof vorbei.

»Schau!«, sagte Mütze und blieb überrascht stehen.

Über den niedrigen Steinwall hinweg sah man neben einem frischen Grab eine Frau in Schwarz stehen. Sie schien damit beschäftigt, die Grabstätte mit Blumen zu bepflanzen.

»Witwe Bolte«, flüsterte Karl-Dieter.

Unwillkürlich traten die beiden hinter eine verrostete Tafel, auf der die Gemeinde Veranstaltungen und Beschlüsse bekanntmachte. Was nicht zu den offiziellen Verlautbarungen passte, war ein handgeschriebener Zettel, in aller Hast schien ihn jemand mit Tesafilm befestigt zu haben. Karl-Dieter las den Text und erbleichte.

Ach, was muss man oft von bösen
Kindern hören oder lesen!
Wie zum Beispiel hier von diesen
Welche Max und Moritz hießen.
Die, anstatt durch weise Lehren
Sich zum Guten zu bekehren,
Oftmals noch darüber lachten
Und sich heimlich lustig machten.
Ja, zur Übeltätigkeit,
Ja, dazu ist man bereit!
Menschen necken, Tiere quälen,
Äpfel, Birnen, Zwetschgen stehlen
Das ist freilich angenehmer
Und dazu auch viel bequemer,
Als in Kirche oder Schule
Festzusitzen auf dem Stuhle.
Aber wehe, wehe, wehe,
Wenn ich auf das Ende sehe!
Ach, das war ein schlimmes Ding,
Wie es Max und Moritz ging.

»Wahnsinn!«, entfuhr es Karl-Dieter.

Mütze hingegen pfiff durch die Zähne. Dann zog er sein Smartphone aus der Hosentasche und schoss ein Foto.

»Was für eine Frechheit!« Karl-Dieter schüttelte den Kopf, als sie Richtung Mühle weitergingen. »Die armen Waisenkinder so zu verhöhnen, noch dazu in vierhebigen Trochäen.«

»Vierhebige was?«

»Ach, egal, das Geschmier ärgert mich total.«

»Was ärgert dich daran? Dass du dein Bild von den ach so braven Jungs korrigieren musst? Vielleicht ist deine liebe Tante Dörte doch etwas blauäugig gewesen. ›Menschen necken, Tiere quälen, Äpfel, Birnen, Zwetschgen stehlen‹, das klingt ja doch etwas anders, das klingt nach echten Flegeln.«

»Rufmord ist das, wenn du mich fragst, nichts weiter. Und die beiden können sich noch nicht mal dagegen wehren, jetzt, wo sie weg sind.«

»Rufmord fällt nicht in mein Ressort«, grinste Mütze.

Als sie den *Ewigen Frieden* erreichten und die Tür aufsperrten, hörten sie den Spitz knurren.

»Der will sich doch nur wichtigmachen«, sagte Mütze – und tatsächlich, als sie in den Flur traten, machte sich der Spitz winselnd aus dem Staube.

»Wir scheinen die einzigen Gäste zu sein.« Karl-Dieter betrachtete das Schüsselbrett, an dem nur ihr Schlüssel fehlte.

»Vielleicht. Vielleicht aber auch nicht.«

»Wieso?«

»Hast du den Käfer draußen nicht gesehen, das Cabrio?«

»Und wenn er der Witwe gehört?«

»Würde mich doch sehr wundern«, sagte Mütze und blickte sich um, »steh mal kurz Schmiere.«

»Was hast du vor?«

»Will mich nur mal kurz umschauen.«

Knarrend öffnete er eine Brettertür, hinter der eine schmale halb gewendelte Treppe zum Keller hinabführte.

»Ich bin dann mal weg!«

Während Mützes Schritte im Keller verklangen, sah Karl-Dieter unruhig zum Fenster hinaus. Bestimmt kam die Witwe jeden Augenblick vom Friedhof zurück. Hoffentlich beeilte Mütze sich. Das seltsame Gedicht, es hatte Karl-Dieter verunsichert. »Wehe, wehe, wehe, wenn ich auf das Ende sehe!« Was hatte das zu bedeuten? Was war denn das, das Ende? Was sollte diese merkwürdige Anspielung? Wer hatte das geschrieben? Wer erdreistete sich, sich in dieser miesen Art über die beiden verschwundenen Schüler lustig zu machen, wer erlaubte sich, so zu tun, als ob die beiden die schlimmsten Verbrecher wären? Karl-Dieter glaubte weiter Tante Dörte. Tante Dörte konnte sich nicht täuschen. Wen sie ins Herz geschlossen hatte, der war ein anständiger Mensch. Punkt. In diesem Augenblick sah Karl-Dieter eine dunkle Gestalt um die Ecke biegen, rasch näherte sie sich dem Haus. Die Witwe!

»Mütze!«, rief er in den dunklen Keller hinab. Da klackerte es schon an der Haustür, die Wirtin trat ein.

FÜNFTES KAPITEL

Schnaufend ließ sich Karl-Dieter auf das Bett fallen. Im letzten Moment hatte er die Kellertür schließen können. Was aber, wenn die Wirtin das Knarren gehört hatte, wenn sie einen prüfenden Gang in den Keller machte und Mütze entdeckte? Dann war Schluss mit inkognito, dann würde ihr klar werden, welches Spiel hier gespielt wurde. Und wenn Witwe Bolte tatsächlich Dreck am Stecken hatte, wie es Tante Dörte vermutete, dann konnten sie gleich ihre Koffer packen.

Zäh verrannen die Minuten. Atemlos lauschte Karl-Dieter in die Dunkelheit. Was mochte Mütze im Keller finden? Es würden doch nicht … Nein, Karl-Dieter verbot sich, daran zu denken, dennoch drängte sich ihm der Gedanke auf, wieder und wieder. Zugegeben, Tante Dörte schien der Witwe manches zuzutrauen, aber dass diese die beiden Jungs … Bislang hatte Karl-Dieter es nicht für möglich gehalten, jetzt aber, wo er mit klopfendem Herzen allein im Zimmer wartete, sah er vor seinem Auge Max und Moritz plötzlich vor sich, sah sie tot im Kartoffelkeller liegen, vergiftet von ihrer bösen Stiefmutter. Karl-Dieter setzte sich auf und lauschte. Wann kam Mütze endlich zurück? Hin und wieder drang ein Geräusch an sein Ohr, ein Klackern und leises Stühlerücken, das musste die Wirtin sein, sie schien im Gastraum beschäftigt. Hoffentlich ging sie nicht in den Keller. Was aber, wenn doch? Wenn sie die Brettertür öffnete und die Treppe hinunterging, hinunter in den Keller? Und wenn sie dort tatsächlich Max und Moritz ... Was würde sie dann mit Mütze machen? Ob sie bewaffnet war? Ob sie eine Knarre besaß? Karl-Dieter sprang auf, öffnete die Zimmertür einen Spalt und spähte ins dunkle Treppenhaus hinunter. Unten war nichts mehr zu hören, nicht das kleinste Geräusch drang an sein Ohr. Nur noch seinen eigenen Herzschlag, den hörte er pochen. Musste er nicht nachsehen, musste er nicht ebenfalls hinunter in den Keller? Er wollte gerade los, da klang in die Stille hinein ein diskretes Knarren aus dem Treppenhaus, Sekunden später tauchte eine Gestalt aus dem Dunkeln auf. Karl-Dieter plumpste ein Stein vom Herzen. Es war Mütze.

»Und?«, fragte Karl-Dieter atemlos.

»Eine Mausefalle und ein dickes Fass.«

»Ein Fass? Was für ein Fass?«

»Ein Fass voller Sauerkraut.«

SECHSTES KAPITEL

Mitten in der Nacht erwachte Karl-Dieter. Wie spät mochte es sein? 2 Uhr, 3 Uhr? Und was war es, das ihn geweckt hatte? Ist es der Wind gewesen, der aufgekommen war und nun ums Haus heulte? Nein, es ist nicht der Wind gewesen, auch nicht dessen Pfeifen im Kamin, es war ein anderes Geräusch, ein ächzendes Klappern und Knarren, das sich zu einem immer schnelleren Rhythmus aufschwang. Karl-Dieter trat ans Fenster und schob die vergilbte Gardine beiseite. Die Windmühle! Das Geräusch kam von der Windmühle. Sie hatte sich in Gang gesetzt. Die schwarzen Schatten ihrer Flügel schwangen durch die Nacht wie Fallbeile, es war, als wollten sie die Dunkelheit zerhacken, dazu stöhnten Holz und Sparren zum Gotterbarmen. War das üblich? Mitten in der Nacht zu mahlen?

Karl-Dieter blickte eine Weile in die Nacht hinaus. Wo nur mochten Max und Moritz stecken? Waren sie hier in Finsterfelde? Hielt man sie irgendwo versteckt, in einem Verlies als Kellerkinder, so wie einst Kaspar Hauser? Er wollte die Gardine schon wieder zurückgleiten lassen, da sah er eine Person um die Ecke biegen. Sie hatte sich in ein Tuch verhüllt und eilte durch den Garten zu einem der rückwärtigen Fenster, das einen Spalt weit offen stand. Karl-Dieter bekam große Augen. Die dunkle Person hielt inne, zog etwas Weißes aus der Tasche und warf es durch den Fensterspalt ins Zimmer hinein.

Jetzt erst löste sich Karl-Dieter aus der Erstarrung. Rasch weckte er Mütze, der sofort zum Fenster lief. Gemeinsam starrten sie hinaus in die Nacht. Nichts war zu sehen. Nur die Schatten der Windmühlenflügel durchschnitten die Dunkelheit, wieder und wieder, dazu stöhnte und ächzte es wie unter einer großen Last.

Denn hinderlich, wie überall.
Ist hier der eigne Todesfall.

Wilhelm Busch

SAMSTAG

»Du wirst es dir eingebildet haben.«

»Habe ich nicht!«

»Es wird ein Schatten der Windmühle gewesen sein.«

»War es nicht.«

Die Freunde saßen alleine im Eck des Frühstückszimmers. Über ihnen an der Wand hing eine goldblechgerahmte Autogrammkarte mit dem verblichenen Foto eines fröhlichen Schlagerpaars. »Danke für die Gastfreundlichkeit, Dagmar Frederic und Siegfried Uhlenbrock«, stand mit schwarzem Filzstift darauf geschrieben. Lange her. Niemand anderes schien mehr auf die Idee zu kommen, in diesem gottverlassenen Nest Urlaub zu machen, geschweige denn, ein Konzert zu geben. Das Frühstück hätten frühere Generationen lächelnd als frugal bezeichnet, Mütze sagte einfach nur Frechheit dazu. Nicht mal ein Frühstücksei gab es, trotz der vollmundigen Ankündigung auf der Schiefertafel. Obwohl, jetzt erst fiel Mütze auf, dass der Spruch »Eier von hauseigenen Hühnern« weggewischt worden war. »Aus gegebenem Anlass keine Eier mehr«, war dort nun zu lesen. »Aus gegebenem Anlass …«, die Freunde rätselten, was das bloß zu sagen hatte. Aber selbst mit Eiern hätte das Frühstück nicht mal den Jugendherbergsmindeststandard erreicht. Die vier Aldi-Brötchen in dem Plastikkorb waren sicher im Ofen aufgebacken, den Marmeladenglibber musste man aus kleinen Aufziehaluschälchen kratzen, die Butter war kühlschrankhart, und die bräunliche Plörre, die ihnen Witwe Bolte als Kaffee verkaufen wollte, war ungenießbar.

Verdrossen biss Mütze in ein trockenes Brötchen. Nicht nur das Frühstück verdarb ihm die Laune. Was sollten sie hier länger? Wenn die Bengel wirklich in Finsterfelde waren, wo sollten sie anfangen zu suchen? Und warum durften sie mit niemandem darüber sprechen, warum sie hier waren? Was sollte die verdammte Geheimnistuerei?

»Tante Dörte …«

»Jetzt hör mit Tante Dörte auf!«

»Sie hat ihre Gründe.«

»Und welche, bitte schön?«

Karl-Dieter senkte den Blick und mühte sich krampfhaft, mit dem Messer etwas von dem Buttereisklotz zu kratzen.

»Würdest du mir bitte antworten, Knuffi?«

»Ich sag's dir nur, wenn du mich nicht auslachst.«

»Hab ich dich schon mal ausgelacht?«

»Also gut.«

Karl-Dieter machte eine kurze Pause. Die Wirtin kam um die Ecke gebogen, in der Hand eine Porzellanschale, in der zwei Döschen Kaffeesahne kreiselten. Alles war offensichtlich genau abgezählt, bloß die Gäste nicht zu sehr verwöhnen! Als sie die Porzellanschale auf den Tisch stellen wollte, stürzten von der Zimmerdecke plötzlich zwei Schatten herab, zwei dicke Käfer, die anfingen, die Wirtin brummend zu umschwirren. In aggressiven Kurven setzten sie zum Angriff an, umsurrten Kopf und Nase der Alten in immer dichteren Attacken. Klirrend ließ die Witwe die Porzellanschale fallen, schrie auf und schlug heftig nach den Tierchen.

»Ich erschlag euch, ihr Mistkäfer«, rief sie kreischend und wedelte wie verrückt mit den Armen.

»Aber nicht doch«, rief Karl-Dieter, »das sind doch Maikäfer!«

Rasch sprang er auf und fing die Brummer geschickt mit der Serviette ein, um sie aus dem geöffneten Fenster ins Freie zu entlassen.

»Dass es noch Maikäfer gibt«, sagte er mit verwundertem Lächeln, die Witwe aber lief schimpfend davon. Die Freunde waren wieder allein.

»Nun?«, sagte Mütze, »was ist, was wolltest du mir sagen?«

Statt zu antworten, zog Karl-Dieter sein Handy hervor. Schnell wischte er eine WhatsApp herbei, die ein eigentümliches Foto zeigte.

»Was soll das sein?«, fragte Mütze knurrend.

»Dortmund-Dorstfeld. Der Weg zwischen Tante Dörtes Salatbeeten.«

»Willst du mich auf den Arm nehmen?«

»Du musst genau hinschauen.«

Karl-Dieter spreizte das Bild etwas, sodass es sich vergrößerte. Zu sehen war ein sorgfältig geharkter Sandweg.

»Erkennst du's jetzt?«

Er vergrößerte es weiter, bis die Körner des geharkten Weges zu unterscheiden waren. An einer Stelle aber waren die parallelen Linien durchbrochen.

»Da hat ein Vogel im Sand gescharrt.«

»Richtig«, flüsterte Karl-Dieter, »es könnte ein Vogel gewesen sein, ein Himmelsbote. Dann muss es aber ein besonderer Vogel gewesen sein, ein recht gebildeter. Schau doch, da hat doch jemand was in den Sand geschrieben.«

Karl-Dieter vergrößerte das Foto noch ein wenig.

»Ich sehe nichts«, sagte Mütze.

»Man muss sich etwas einsehen«, sagte Karl-Dieter, »da oben, erkennst du's? Da steht doch das Wort *Erwin*.«

Mütze blickte auf die Stelle. Hm. Mit etwas Fantasie konnte man sich tatsächlich einbilden, den Namen Erwin in dem Gekritzel zu erkennen.

»Okay«, sagte Karl-Dieter erleichtert, »und nun das Wort darunter.«

Mütze schob die Lesebrille weit auf seine Nasenspitze und buchstabierte, was mit krakeligen Vogelkrallen auf den Weg geschrieben zu sein schien: »M – O – R – D«.

»Mord!«, sagte Karl-Dieter und schwieg bedeutungsschwer.

SIEBTES KAPITEL

Stinksauer war kein Ausdruck. Wutschnaubend warf Mütze seine Sachen in den Koffer. Keine Sekunde länger würde er mehr in diesem Kaff bleiben. Auf was für einen Irrsinn hatte er sich da eingelassen. Mensch, Karl-Dieter! Dass Tante Dörte zu spinnen begann, geschenkt, sie war nicht mehr die Jüngste. Dass sich jedoch Karl-Dieter von der Spinnerei anstecken ließ, machte ihn einfach nur sprachlos.

»Jetzt warte doch mal eine Sekunde«, sagte Karl-Dieter.

Die Art, wie Mütze die von ihm so sorgfältig zusammengelegten Hemden einfach in den Koffer stopfte, verursachte ihm körperliches Unwohlsein.

»Lass mich doch erklären. Nachdem Tante Dörte die Botschaft gelesen hat, hat sie sogleich versucht, die Söhne von Erwin Bolte zu erreichen. Max und Moritz sind doch unmittelbar nach Eintreffen der Todesnachricht aus dem Internat geflohen und nach Finsterfelde gefahren. Am Tag nach der Beerdigung hat Tante Dörte die Botschaft auf ihrem Gartenweg entdeckt und sogleich versucht, die Jungs zu erreichen. Vergebens. Beide Handys tot! Daraufhin hat Tante Dörte bei Witwe Bolte angerufen. Die Jungen seien auf und davon, hat die Wirtin ihr erzählt, keiner wüsste, wohin.«

»Vielleicht sind sie zurück ins Internat, um noch ihre Sachen zu holen.«

»Eben nicht! Schlimmer noch, welcher Halbwüchsige kann auch nur einen Tag ohne sein Handy leben?«

Im selben Moment ertönte ein kurzes Kläffen. Erschrocken blickte Karl-Dieter zur Tür. Jetzt erst bemerkte er den Spitz. Er musste sich mit ihnen ins Zimmer gestohlen haben. Der Hund saß aufrecht auf seinem Hinterteil, hatte seine Vorderpfoten durchgedrückt und sah sie mit klugen Knopfaugen an. Dann bellte er erneut, ein kurzer Laut, nicht ängstlich, nicht aggressiv, es klang vielmehr wie eine Bestätigung, Karl-Dieter würde später sagen, wie eine Aufmunterung. Doch bevor er etwas sagen konnte, polterte es draußen, zugleich wurde die Tür mit Schwung aufgerissen, Witwe Bolte stampfte ungebeten ins Zimmer. Wütend beugte sie sich nieder und gab dem Spitz was hinter die Ohren. »Raus hier, du Gauner! Was hast du hier verloren?« Winselnd zog der Spitz den Schwanz ein und eilte die Treppe hinunter. »Und Sie, meine Herren, lassen künftig meinen Hund in Ruhe, haben wir uns verstanden?«

ACHTES KAPITEL

Mütze wollte eine Weile für sich sein? Gut, in Ordnung, des Menschen Wille war sein Himmelreich! Verärgert marschierte Karl-Dieter los. Auch ihm war es sehr recht, ein Stündchen für sich allein zu haben. Was bildete sich Mütze ein? Ohne ihn zu fragen, den Koffer zu packen! Ging man so miteinander um? Stand man nicht zusammen in guten wie in schlechten Zeiten? Gut, man sollte nicht dramatisieren. Von einer schlechten Zeit zu sprechen, war stark übertrieben. Dennoch, ging es nicht darum, die Sorgen des anderen zu teilen, Anteil zu nehmen an dem, was den Partner beschäftigte? Karl-Dieter lief unwillkürlich schneller. Er konnte nicht anders, er machte sich nun mal Sorgen, Sorgen nicht nur um Max und Moritz, fast mehr Sorgen noch um Tante Dörte. Er konnte doch auch nichts dafür; die gute Tante in Nöten zu wissen, war für ihn unerträglich. Alles hatte Tante Dörte für ihn getan, immer ist sie für ihn da gewesen, und nun sollte er sie enttäuschen? Unmöglich!

Zum Dorf zog ihn nichts, stattdessen schlug er den Weg hinunter zu den Flussauen ein. Er liebte die schlichten Landschaften der Mark, er brauchte keine dramatischen Gebirgspanoramen, keine spektakulären Strände. Das weite grüne Land, die sanft sich wellenden Felder, die vielen versteckten Seen, die kleinen Wälder, die freundlichen Dörfer, all das wirkte wie

Balsam auf sein Gemüt. Karl-Dieter spürte, wie sein Ärger nachließ. Nicht lange und er stieß auf einen kleinen Bach, dessen Ufer er folgte. Murmelnd flossen die munteren Wellen durch die Wiesen, bis sie sich hinter einer sanften Kurve entschlossen, sich schwungvoll in die größere Dosse zu ergießen.

Karl-Dieter blieb sinnierend stehen. Er hatte ein Faible für solch einen Ort. In Irland sind sie mal an so einer bezaubernden Stelle gewesen, bei Killarney. *Meeting of the waters*, hatten die Iren die Geburt des Avoca-Rivers genannt. Die Franzosen sprachen von *Confluence*, von einem Zusammenfließen. Der Ausdruck traf es nach Karl-Dieters Meinung gut. Dennoch blieben Fragen. Schluckte der größere Fluss den kleineren, ging der kleinere im größeren auf, oder war es nicht vielmehr so, dass beide zusammen einen völlig neuen Fluss bildeten, der mehr war als die schlichte Summe ihrer Wassermengen?

Nicht ohne Grund sprach man auch beim Menschen von Einflüssen und vom Beeinflussen. Immer dann, wenn zwei Menschen sich etwas bedeuteten, wenn sie miteinander in Kontakt traten, beeinflussten sie sich zwangsläufig. Wie war es mit ihnen, mit ihm und Mütze? Wer nahm Einfluss auf wen und in welcher Weise? Eine Freundschaft war nicht möglich, ohne sich von solchen Einflüssen freizumachen. Wichtig nur war es, nicht völlig im anderen aufzugehen. Das konnte nicht das Ziel sein. Karl-Dieter seufzte. Wie oft hatte er eine solche Selbstaufgabe in seinem Bekanntenkreis erleben müssen. Das ging nicht gut, das nahm ein trauriges Ende. Dann trennte man sich lieber rechtzeitig. Doch selbst, wenn man auseinanderging, war man doch nicht mehr der, der man vorher gewesen war. Die Einflüsse blieben, man trug sie mit sich herum, ob man wollte oder nicht, ob sie einem guttaten oder nicht, selbst, wenn man sie loswerden wollte, wirbelten sie einem weiter durch die Adern.

Karl-Dieter kniete sich nieder. Seine Augen folgten dem Fluss. Der kleinere Bach war heller als die Dosse. Karl-Dieter versuchte, den Ort auszumachen, wo die Wasser der beiden Bäche sich endgültig vermengten. Ihm war, als würde der kleine Bach noch ein Weilchen seinen eigenen Weg nehmen, bevor sich alles verwirbelte. Einflüsse aufzunehmen, selbst positiv Einfluss zu nehmen, ohne sich dabei zu verlieren, war eine schwierige Kunst. Bisher war es ihnen gelungen, aber eine Garantie gab es natürlich keine.

NEUNTES KAPITEL

»Also noch mal von vorne«, seufzte Mütze.

Die Freunde saßen nebeneinander auf der Bettkante und ließen die Füße baumeln. Ihre Beine hätten nicht unterschiedlicher sein können, muskulös und durchtrainiert wirkten die Schenkel von Mütze, weich und blass die seines Freundes Karl-Dieter. Als Bühnenbildner kam es ja auch auf andere Qualitäten an. Beide Männer starrten geradeaus und sahen nicht sehr glücklich aus.

Mütze atmete tief durch: »Okay, versuchen wir zusammenzufassen. Was wissen wir? In Finsterfelde stirbt Erwin Bolte an einer Herzattacke. Seine Söhne kommen zur Beerdigung. Am nächsten Tag findet sich ein merkwürdiges Gekritzel auf dem Gartenweg von Tante Dörte in Dortmund-Dorstfeld, einige Hundert Kilometer entfernt. Tante Dörte ruft Max und Moritz an, keiner geht dran. Sie versucht es bei Witwe Bolte und erfährt, die beiden sind getürmt. Darauf ruft sie bei dir an, schickt dir per WhatsApp ein Foto von dem Sandgekritzel neben ihren Salatbeeten. Soweit die Fakten. Und was sollen wir jetzt damit anfangen? Erklär mir das.«

»Du hast was vergessen.«

»Und was, bitte schön?«

»Die dunkle Gestalt gestern Nacht, die mit dem Brief.«

»Wenn du dir das mal nicht eingebildet hast.«

»Ich hab's mir nicht eingebildet!«

»Vielleicht war's ein Verehrer der Witwe. Sie ist ja wieder zu haben.«

Karl-Dieter verstummte und betrachtete seine Zehen, die er wie immer sorgfältig pediküт hatte. Gute Nagelpflege war Karl-Dieter wichtig. Mütze lachte nur darüber. Würde doch keiner sehen, wie die Fußnägel ausschauten. Das war typisch Mütze! Ob jemand anderes die Nägel sah oder nicht, war doch völlig egal. Es machte einfach ein gutes Gefühl, gepflegte Nägel zu haben. Karl-Dieter spreizte die blassen Zehen ein wenig, dann sagte er leise: »Wehe, wehe, wenn ich auf das Ende sehe.«

Sie einigten sich auf einen Kompromiss. Zwei Tage. So viel Zeit wollte Mütze investieren. Zwei Tage und nicht mehr. Heute war Samstag. Hatten sie bis Sonntagabend nichts Vernünftiges herausgefunden, würden sie abreisen. Er zumindest. Karl-Dieter könne ja gerne noch bleiben und nach Vogelspuren auf Sandwegen Ausschau halten.

»Und wo fangen wir an zu suchen?« Karl-Dieter versuchte, sich nicht anmerken zu lassen, wie verletzt er war.

»Ich hatte gehofft, das könntest du mir sagen.«

»Der Brief. Er hat eine Bedeutung, das spüre ich. Beim Frühstück wirkte unsere Wirtin wie ein nervöses Huhn, fandest du nicht?«

»Das hatte einen völlig anderen Grund, das lag doch

an den Käfern. Aber gut, auch Tante Dörte scheint der Witwe zu misstrauen. Dann schauen wir mal, was die gute Frau den Tag über so treibt.«

ZEHNTES KAPITEL

Sie mussten nicht lange warten, bis die Haustür geöffnet wurde und die Witwe heraustrat, den Spitz an der Leine. Die beiden Freunde lugten heimlich um die Hausecke. Ein kleiner Sicherheitsabstand, dann liefen sie hinterher. Der Tag war heiß, die Sonne stand schon hoch am Himmel. Ein trockener Wind war aufgekommen, kleine Staubteufel wirbelten über die Dorfstraße. Finsterfelde war wirklich ein echtes Provinznest. Einige Dutzend armselige Häuser, eine gedrungene Backsteinkirche, wie es sie in der Gegend häufig gab, die Dorfschule in ihrem Schatten, das Wirtshaus *Zum Großen Kurfürst*, das war's. Die Straße war breit, typisch für eine Dorfstraße in der Mark Brandenburg, am Platz brauchte man nicht zu sparen, zu unergiebig war der Sandboden, man nahm keinem Bauern auch nur einen Quadratmeter wertvollen Boden weg. Die enorme Breite der Straße aber verstärkte den Eindruck der

Trostlosigkeit weiter. Finsterfelde lag im brandenburgischen Nirgendwo, irgendwo zwischen Wittstock und Wusterhausen, wo sich Fuchs und Hase gute Nacht sagen würden, wenn sie denn das Kaff je gefunden hätten. Neben der erwähnten Windmühle war Finsterfeldes einziger Stolz, von Theodor Fontane in seinen Wanderungen durch die Mark Brandenburg erwähnt worden zu sein und zwar als Ort, an dem sich ein schrecklicher Mord an einem französischen Soldaten während der Zeit der Napoleonischen Kriege ereignet haben soll. Lange hatte sich der Glaube daran gehalten, die Leiche des Soldaten würde als Gespenst durch die Nächte geistern und seine Mörder suchen. Schauerlich.

Mütze staunte einmal mehr, was Karl-Dieter alles über Fontane und seine Mark Brandenburg wusste.

»Er ist eben mein Lieblingsdichter«, sagte Karl-Dieter.

»Habt in eurem Theater wohl schon viele Stücke von ihm aufgeführt?«

»O Mann, Mütze! Theaterstücke von Fontane sind ungefähr so zahlreich wie Wellnesshotels in Finsterfelde.«

»Oder Meisterschalen in Herne-West?«

»Auch das.«

Hinter der Kirche bogen Hund und Wirtin links ab. Ein schmaler Feldweg wand sich hinunter zu den grünen Auenwiesen, durch die sich die Dosse schlängelte. Der Weg endete nach einigen Hundert Metern an einer gesperrten Holzbrücke, rot-weiße Flatterbänder knatterten im Wind. Dicht daneben führte eine frisch geschotterte Zufahrt zu einer langen Eisenplatte, die man neben dem Holzsteg über den Fluss gelegt hatte. »Behelfsbrücke. Benutzung auf eigene Gefahr«, stand warnend auf einem Schild. Darunter war ein Totenkopf mit gekreuzten Knochen gemalt: »Eltern haften für ihre Kinder.« Dem Spitz schien die Eisenplatte nicht geheuer zu sein, heftig zog er an der Leine, um ans andere Ufer zu gelangen. Nicht weit vom Fluss entfernt duckte sich ein niedriges Haus unter alte Kopfweiden, an der Straßenseite schaukelte an einem ausschwingenden Haken eine kupferne Schere im Wind. »Kunstschneiderei Böck«, stand über der grünen Eingangstür, »Maßanfertigungen und Änderungen aller Art.« Mit ein paar schnellen Handgriffen band die Witwe den Hund an einer Weide fest und klopfte an die Tür. Ein kleines Fenster ging auf, und ein schmaler Kopf schob sich ins Freie.

»Erkennst du ihn?«, flüsterte Mütze und stieß Karl-Dieter in die Seite.

»Der Mann mit dem roten Zinken und der Zwickerbrille, einer der Skatbrüder«, flüsterte Karl-Dieter zurück, während der Kopf wieder verschwand. Kurz darauf wurde die Haustür geöffnet und Witwe Bolte schlüpfte ins Haus.

Mütze und Karl-Dieter hatten sich in den Büschen neben der Brücke versteckt gehalten. Jetzt sahen sie sich fragend an. Sollten sie es wagen, zur Schneiderei zu schleichen? Vielleicht konnten sie durch das geöffnete Fenster ein paar Brocken von dem Gespräch aufschnappen. Warum nicht? Was hatten sie schon zu verlieren? Sie wollten gerade loslaufen, da gab es einen schnalzenden Laut. Der Spitz! Er hatte sich mit einem Ruck vom Baum losgerissen und kam über die Brücke gelaufen, direkt auf sie zu. Er schien in keiner Weise überrascht, sie zu sehen, im Gegenteil, wie auf einen geheimen Befehl stoppte er unmittelbar vor ihren Füßen, machte Sitz und sah sie schwanzwedelnd an. Dann entfuhr ihm ein geheimnisvolles »Rawau!«, zugleich machte er einen Sprung an ihnen vorbei, sah sich um und blickte sie aufmunternd an, machte einen weiteren Satz und blickte erneut zurück.

»Der hat was für uns!«, rief Mütze. »Los, hinterher!«

So liefen sie den Weg zurück dem Dorfe zu, immer auf den Spuren des Hundes, der sich von Zeit zu Zeit umsah, wie um sich zu vergewissern, dass sie ihm noch folgten. Vor dem Dorf schlug er sich in einen Feldweg, der im weiten Bogen um den Dorfkern herum zum Friedhof führte. Der Gottesacker war mit einer niedrigen Feldsteinmauer umgeben, Findlinge gab es in der Mark Brandenburg an jeder Ecke, die letzte Eiszeit hatte unzählige herbeigerollt. Ein schmiedeeisernes Tor schloss den Friedhof zur Straße hin ab. Hier blieb der Spitz sitzen und wartete ungeduldig auf Mütze und Karl-Dieter. Ohne lange zu überlegen, drückte Mütze das Tor auf, und der Spitz schoss an ihnen vorbei, die kleine Allee von Lebensbäumen entlang, um vor dem Leichenhaus scharf links abzubiegen. Als die Freunde den Abzweig erreicht hatten, sahen sie den Hund vor einem frischen Grabhügel, der dicht mit Stiefmütterchen bepflanzt worden war, sitzen. Karl-Dieter mochte Stiefmütterchen nicht, sie sahen aus, als hätten sie den bösen Blick. Er wünschte sich nichts als einen Rosenstock aufs Grab.

»Erwin Bolte«, las Mütze von dem schmalen Holzkreuz ab.

Ein zerzauster Efeukranz lag daneben. »In ewiger Liebe, deine Witwe«, stand auf der Schärpe zu lesen. Genau an dieser Stelle hatten sie gestern beim Weg von der Gastwirtschaft zurück zur Pension ihre Wirtin beim Blumenpflanzen gesehen.

»Und nun?«, fragte Karl-Dieter, indem er sich zu dem Spitz niederkniete, um ihm den Hals zu kraulen.

Zu Karl-Dieters nicht geringem Erschrecken aber sprang der Spitz plötzlich auf den Grabhügel hinauf und fing an, die Blumen und die Erde wegzuscharren, dass es nur so spritzte.

»Er will sein Herrchen ausbuddeln«, rief Karl-Dieter entsetzt.

Sie waren so überrascht, dass sie den Mann nicht bemerkten, der hinter sie getreten war. Er setzte einen Fuß auf das Grab, packte den Spitz mit harter Hand am Nackenfell und riss ihn unsanft in die Höhe.

»Was soll der Blödsinn?«, rief der Mann mit böser Stimme.

Sie blickten ihm ins Gesicht. Es war sehr rund, ohne jedes Haar am Kopf, ja selbst Brauen und Wimpern fehlten, dazu war es auffallend gerötet. Sie kannten den Grobian bereits, kein Zweifel. Es war einer der Skatbrüder vom gestrigen Abend. Ohne auf eine Antwort zu warten, lief er mit dem jaulenden und zappelnden Hund am ausgestreckten Arm zur Friedhofsmauer, warf ihn mit Schwung hinüber und verschwand.

ELFTES KAPITEL

Dieser Idiot von Dorfschullehrer! Klar, dass er nervös wurde, hing er doch tief in der dreckigen Sache mit drinnen. Diese Bande, diese Verbrecher! Ich aber werde es ihnen zeigen, darauf können Sie sich verlassen. Warum ich dem ollen Lämpel nicht in die Hand gebissen habe? Nun, noch muss ich den harmlosen und etwas dämlichen Spitz spielen. Zum Glück aber hab ich von jetzt ab zwei Verbündete, Mütze und seinen Freund. Nur ich scheine zu wissen, was die beiden Fremden in Finsterfelde suchen, ein unschätzbarer Vorteil. Die beiden hab ich nur der guten Dörte zu verdanken, meiner Schwippcousine. Sie hat meine Bot-

schaft verstanden. Ich könnte ihr das Gesicht abschlecken vor Dankbarkeit!

ZWÖLFTES KAPITEL

»In Edinburgh gab es mal einen Hund, Bobby hat er geheißen, glaube ich. Der hat 14 Jahre lang das Grab seines verstorbenen Herrchens bewacht. Als er dann selbst starb, hat man ihn heimlich auf dem Friedhof bestattet, direkt neben dem Grab, an dem er immer gesessen hatte. Ist das nicht eine schöne Geschichte?«, seufzte Karl-Dieter. »Welche Liebe, welche Treue!«

»Schöne Geschichte? Nichts weiter als ein tierischer Reflex. Kein Zeichen von Liebe, kein Zeichen von Treue, sondern lediglich ein Zeichen von Dummheit.«

»Aber Mütze, wie kannst du so reden! Nicht vom Grab eines geliebten Menschen zu weichen, ist das nicht ein wunderbarer Beweis ewiger Verbundenheit?«

»Ewige Verbundenheit? Blödsinn! Was würdest du dazu sagen, wenn ich nach dem Tod 14 Jahre nichts Besseres zu tun hätte, als an deinem Grab zu hocken?«

Im selben Moment merkte Mütze, dass er einen Fehler gemacht hatte. Karl-Dieters Gesicht verschattete sich, schmerzhaft verzog sich sein Mund.

»Mensch, Knuffi! Jetzt sei doch nicht gleich wieder beleidigt, ich meine, das würde ich doch auch von dir nicht verlangen, stell dir mal vor, du würdest 14 Jahre bei Wind und Wetter an meinem Grab sitzen.«

»Schon. Du hättest es aber etwas freundlicher ausdrücken können.«

»Na schön«, seufzte Mütze, »entschuldige! Ich wollte nur sagen, die Aktion von dem Spitz bringt uns keinen Millimeter weiter. Auf dem Grab herumzuscharren! Nichts als die verständliche Trauerreaktion einer alleingelassenen Kreatur.«

Die beiden Freunde saßen auf einer Bank im Schatten der kleinen Friedhofskapelle. Die Sonne stand schon hoch am Firmament. Mütze spürte, wie er Durst bekam. Gerade wollte er aufstehen, um sich an dem Wasserhahn zu bedienen, mit dem die Gießkannen befüllt wurden, da sah er jemanden am Friedhof entlangeilen. Es war die Witwe, sie lief zur Pension zurück. Der Spitz lief mit eingekniffenem Schwanz neben ihr her und sah sehr unglücklich aus. Wahrscheinlich hatte er wieder was hinter die Löffel bekommen. Mütze sah den beiden nach und pfiff leise durch die Zähne.

»Was ist?«, fragte Karl-Dieter.

»Das ist in der Tat nicht ganz unverdächtig«, sagte Mütze, ohne die Witwe aus den Augen zu lassen.

»Was denn?«

»Schau doch mal, was sie in der Hand hält.«

»Was hält sie denn in der Hand? Ich sehe nichts.«

»Ganz genau. Sie hält nichts in der Hand.«

»Was ist daran verdächtig, wenn jemand nichts in der Hand hält?«

»Was hat sie denn in der Hand gehalten, als sie zum Schneider ging?«

»Ebenfalls nichts.«

»So ist es. Wenn du zum Schneider gehst, ohne ihm etwas zu bringen, was willst du dann wohl bei ihm?«

»Ah so!« Karl-Dieter begriff. Um sich zu rechtfertigen, aber sagte er: »Vielleicht hat sie ja nur den Abholschein vergessen.«

DREIZEHNTES KAPITEL

Glauben Sie an Seelenwanderung? Also ich nicht. Jedenfalls nicht bis zu dem Moment, als mir die Sache am eigenen Leibe passiert ist. Es ist ein komisches Gefühl, plötzlich in einem anderen Körper zu stecken. Auch als Spitz ist das Leben nicht sehr kommod, das können Sie mir glauben, aber plötzlich eine Krähe zu sein, das ist noch eine Schippe verrückter. Man ist ja auf so was nicht vorbereitet, nicht in unserem Kulturkreis. Seelenwanderung, das ist doch was für Hindus oder Buddhisten, nichts aber für einen Christenmenschen! Ein Hindu oder Buddhist lernt schon im Tempel oder in der Schule, was ihn nach dem Tod erwartet. So kennt er sich aus und ist durch nichts zu überraschen. Er schüttelt sich einmal kurz, beschaut sich im Spiegel und findet sich sogleich in seinem neuen Leben zurecht. Aber versetzen Sie sich mal in meine Lage, als mir die Sache passiert ist! Als christlich sozialisierter Mensch hatte ich doch keine Ahnung, was das Leben, besser der Tod für Überraschungen für uns auf Lager hat. Gut, wenn ich vor einer Himmelstür gestanden hätte mit einem bärtigen Mann als Türsteher, das wäre was anderes, dann hätte ich gewusst, das ist Petrus und dahinter liegt das Paradies. Und nun das! Aber selbst, wenn ich buddhistisch angehaucht wäre, hätte ich doch niemals damit gerechnet, zu einem Tier zu mutieren. Ich versteh nicht viel von Buddhismus, aber lehren die Buddhisten nicht, dass man sich von Leben zu Leben veredelt? Das man stets aufsteigt auf der Wiedergeburtstreppe? Vom Tellerwäscher zum Millionär sozusagen? Pustekuchen! Es geht auch abwärts und zwar ziemlich tief.

Ich muss ziemlich dämlich ausgesehen haben, als ich plötzlich als Krähe auf dem Dach der Kirche gesessen habe. Vor Schreck hätte ich beinah den Halt verloren. Lachen Sie nicht! Ich möchte Sie mal sehen, wenn Sie sich plötzlich als gefiedertes Wesen auf einem hohen

Dachfirst wiederfinden. So saß ich also dort, umgeben von anderen Krähen, krallte mich ängstlich an den Draht des Blitzableiters und starrte über das nächtliche Finsterfelde.

Natürlich hätte ich die anderen Krähen fragen können, was mir passiert ist, ich hab's auch versucht, bis auf ein dümmliches Krächzen aber habe ich keinen Ton hervorgebracht. Ich hab's gleich begriffen, unter den anderen war kein einziger Mensch, also kein Ex-Mensch, Sie wissen schon, was ich meine. Vielleicht waren ein paar ehemalige Finken oder Meisen darunter, sicher aber viele Spatzen, so groß schien mir ihr Verstand zu sein. Von meinen lieben Mitkrähen jedenfalls konnte ich keine Hilfe erwarten, das war mir sonnenklar.

Mühsam versuchte ich, meine Gedanken zu sortieren. Das Letzte, woran ich mich erinnern konnte, ist der Moment gewesen, wie mir jemand etwas über den Schädel gezogen hat. Es ist unten am Bach gewesen, an der Dosse, beim Haus der Schneiders. Warum ich dorthin bin? Ganz einfach, ich hatte Verdacht geschöpft, einen ziemlich unangenehmen Verdacht. Bolte, hab ich zu mir gesagt, sei wachsam! Und so hab ich das Bier, das mir meine Frau zum Fernsehen hingestellt hat, nicht angerührt, deshalb bin ich wach geblieben und konnte meiner ach so treusorgenden Gattin hinterherschleichen. Hätte ich das mal lieber sein lassen. Dann wäre ich jetzt noch lebendig, also als Homo sapiens, Sie verstehen. Und hätte nicht den Schock meines Lebens erlitten. Durch die Scheibe beobachten zu müssen, was im Haus des Schneiders abging … Junge, Junge, ich sag Ihnen, das ist vielleicht ein Albtraum gewesen.

VIERZEHNTES KAPITEL

Nachdem sie den ärgsten Durst mit dem Wasser aus dem Wasserhahn gestillt hatten, spürte Karl-Dieter, wie sein Magen knurrte. Hoffentlich hatte das Wirtshaus auch mittags geöffnet. Wo sonst würden sie in diesem Kaff etwas zu essen bekommen? Auch Mütze war für eine warme Mahlzeit, so beschlossen sie, nicht zur Pension zurückzugehen, sondern Richtung Dorf. Als sie den Friedhof verließen, fiel ihr Blick auf die Ankündigungstafel der Gemeinde.

»Mensch, Mütze, kneif mich mal!«

»Ein neuer Zettel!«

»Mit unserer Wirtin drauf!«

»Ich werd nich mehr!«

Mancher gibt sich viele Müh
Mit dem lieben Federvieh:
Einerseits der Eier wegen,
Welche diese Vögel legen,
Zweitens, weil man dann und wann
Einen Braten essen kann;
Drittens aber nimmt man auch
Ihre Federn zum Gebrauch
In die Kissen und die Pfühle.
Denn man liegt nicht gerne kühle.

Seht, da ist die Witwe Bolte,
Die das auch nicht gerne wollte.
Ihrer Hühner waren drei
Und ein stolzer Hahn dabei.
Max und Moritz dachten nun:
Was ist hier jetzt wohl zu tun?
Ganz geschwinde, eins, zwei, drei,
Schneiden sie sich Brot entzwei,
In vier Teile, jedes Stück
Wie ein kleiner Finger dick.
Diese binden sie an Fäden,
Über's Kreuz, ein Stück an jeden,
Und verlegen sie genau
In den Hof der guten Frau.
Kaum hat dies der Hahn gesehen,
fängt er auch schon an zu krähen:
Kikeriki, kikikerikih!!
Tak, tak, tak, da kommen sie!

Hahn und Hühner schlucken munter
Jedes ein Stück Brot hinunter;
Aber als sie sich besinnen,
Konnte keines recht von hinnen.
In die Kreuz und in die Quer
Reißen sie sich hin und her,
Flattern auf und in die Höh,
Ach herrje, herrjemine!
Ach, sie bleiben an dem langen,
Dürren Ast des Baumes hangen.
Und ihr Hals wird lang und länger,
Ihr Gesang wird bang und bänger,
Jedes legt noch rasch ein Ei,
Und dann kommt der Tod herbei.

Witwe Bolte in der Kammer
Hört im Bette diesen Jammer;
Ahnungsvoll tritt sie heraus:
Ach, was war das für ein Graus!
»Fließet aus dem Aug, ihr Tränen!
All mein Hoffen, all mein Sehnen,
Meines Lebens schönster Traum
Hängt an diesem Apfelbaum!«
Tiefbetrübt und sorgenschwer
Kriegt sie jetzt das Messer her,
Nimmt die Toten von den Strängen,
Dass sie so nicht länger hängen,
Und mit stummem Trauerblick
Kehrt sie in das Haus zurück.

Dieses war der erste Streich,
Doch der zweite folgt sogleich.

FÜNFZEHNTES KAPITEL

Zurück zur Pension! Hunger hin, Hunger her, jetzt musste ermittelt werden. Während sich Karl-Dieter über den illustrierten Schurkenstreich empörte und von einer Unverschämtheit sprach, wobei er natürlich nicht Max und Moritz meinte, sondern den Verfasser der Geschichte, der so gar keinen Respekt vor zwei vermissten Waisenkindern hatte, besserte sich Mützes Laune schlagartig. Schnell schoss der Kommissar ein Handyfoto von der neuen Zeichnung, dann liefen sie los. Endlich hatte er einen Ansatzpunkt, endlich konnte er eine Spur verfolgen.

»Was willst du denn in der Pension?«, fragte Karl-Dieter.

»Wirst schon sehen«, sagte Mütze.

Als sie die Pension erreichten und die Tür öffneten, sahen sie gerade noch, wie die Wirtin am Ende des Flurs eilig in ihre Privatgemächer verschwand.

»Geh ihr nach und lenk sie ab«, flüsterte Mütze.

»Wieso das?«

»Erklär ich dir später.«

Unsicher ging Karl-Dieter auf die hintere Tür zu, ein großes gelbes Schild warnte: »Privat! Zutritt für Gäste untersagt.« Zögernd klopfte er. Als sich niemand rührte, sah er fragend zu Mütze zurück, der ihn mit energischem Gesichtsausdruck deutlich machte, trotzdem einzutreten. Vorsichtig drückte Karl-Dieter die Klinke hinunter. Wenn er etwas hasste, dann die Privatsphäre anderer Menschen zu verletzen. Konnte Mütze nicht auf andere Weise seinen Recherchen nachgehen?

Als Mütze die krächzende Stimme der Witwe hörte und gleich darauf das Gestammel von Karl-Dieter, grinste er in sich hinein. Seine Chance war gekommen. Wenn es jemand verstand, ältere Damen in ein angeregtes Gespräch zu verwickeln, dann Karl-Dieter. In Erlangen wurde er von einem Seniorenkreis zum nächsten gereicht, um Anekdoten aus dem Theaterleben zu erzählen. Die Alten waren von dem Bühnenbildner ganz entzückt, nach dem Vortrag saßen sie dann oft noch lange zusammen an der Kaffeetafel und tauschten Kuchenrezepte aus.

Rasch verließ Mütze das Haus und ging um die Mülltonnen herum in den Garten. Unter dem Apfelbaum blieb er stehen und betrachtete den verdorrten Ast, an dem die Fäden im Wind wehten. Dann kniete er sich nieder und untersuchte mit wachen Augen den Rasen unterhalb des Baumes. Keine drei Minuten später war er zurück in der Pension. Karl-Dieter und die Wirtin standen zusammen an der Rezeption. Wie es Mütze vermutet hatte, hatte sich die Witwe tatsächlich in ein Gespräch verwickeln lassen. Als sie Mütze sah, aber verstummte sie abrupt, verabschiedete sich knapp und wollte wieder in ihren Gemächern verschwinden, da entfuhr ihr ein markerschütternder Schrei und sie griff sich hektisch in den Ausschnitt ihrer Bluse.

SECHZEHNTES KAPITEL

»Allen Ernstes?«, lachte Mütze.

»Allen Ernstes! Schon wieder zwei Maikäfer, vielleicht sind es dieselben gewesen. Die Viecher scheinen sich in unsere Witwe verliebt zu haben und haben sich in den Ausschnitt ihres Kleides gestürzt.«

»Ich werd nich mehr! Und dann?«

»Hast's doch selbst gesehen! Sie hat die Panik bekommen und solange am Kleid geschüttelt, bis die Käfer unten rausgepurzelt sind. Ich konnte sie gerade noch aufsammeln, sonst hätte sie sie zertreten. Hier sind sie!«

Karl-Dieter öffnete die Hand. Die Krabbelkäfer

kamen zum Vorschein, breiteten ihre Flügel aus und flogen davon.

»Aber jetzt du, was hast du herausgefunden?«

Sie hatten sich auf den Weg zum Dorf begeben, um im Wirtshaus einzukehren. In der Ferne waren Wolken aufgezogen, aus denen es zu zucken begann. Zugleich grollte und grummelte es leise. Ein Gewitter, kein Zweifel. Kam es näher? Zog es vorüber?

»Der Apfelbaum ist nicht koscher«, sagte Mütze, der kein Auge für das Wetter hatte.

»Erzähl schon!« Karl-Dieter war begierig, Näheres zu erfahren.

»Alles könnte zu der Geschichte passen, weißt schon, zu dem Streich der beiden Bengel.«

»Von Max und Moritz?«

»Genau, die Fäden an dem Ast, die Eierschalen unter dem Baum.«

»Was aber ist daran nicht koscher?«

»Es passt alles ein bisschen zu genau.«

»Wie meinst du das?«

»Das werden wir noch herausfinden.«

Sie kamen wieder am Friedhof vorbei und blieben kurz vor dem Aushang stehen. Karl-Dieter verspürte große Lust, den frechen Zettel abzureißen. Wer steckte nur dahinter? Wer erlaubte sich, über zwei verschwundene Waisenkinder Witze zu reißen? Selbst wenn die beiden sich einen Streich erlaubt hatten, das war nun wirklich der unpassendste Moment, sich über sie lustig zu machen.

»Ob Witwe Bolte den Zettel schon gesehen hat?«

»Darauf kannst du Gift nehmen!«

Vor einem der ersten Häuser, einem windschiefen Fachwerkbau mit kleinem Bauerngarten, kehrte eine alte Frau den Gehsteig mit einem Reisigbesen. Als Mütze und Karl-Dieter vorbeigingen, knurrte sie etwas in ihre Richtung. Die Freunde hielten an, sie hatten die Alte nicht richtig verstanden.

»Ich sagte, ihr macht besser die Biege«, hörten sie die Alte nun zischen.

»Und warum, bitte schön?«, fragte Mütze.

»Finsterfelde ist nichts für Fremde«, murmelte die Alte und wandte sich wieder der Säuberung des Gehsteigs zu und dies mit einer Energie, dass es nur so staubte.

SIEBZEHNTES KAPITEL

»Hühnerfrikassee«, antwortete der Wirt.

Karl-Dieter rollte die Augen. Er hätte sich etwas Abwechslung auf der Speisekarte gewünscht, Mützes Augen hingegen blitzten. Sie waren die einzigen Gäste bis auf den Mann mit dem Hut und dem Rauschebart, der wohl kein anderes Zuhause besaß und an der Theke stand. Die beiden Freunde hatten an dem Tisch Platz genommen, an dem sie schon gestern Abend gesessen hatten. Der gemütliche Wirt, den alle nur »Wolke« zu nennen schienen, rieb sich die Hände an der Schürze sauber.

»Wieder vom Bio-Hof?«, fragte Mütze.

»Hof ist übertrieben.« Den Mund des Wirts umspielte ein geheimnisvolles Lächeln.

»Wohl aus Privatproduktion?«

»Wärmer.«

»Aus dem Bestand einer am Ort ansässigen Dame?«

»Noch wärmer.«

»Einer Dame, bei der man auch nächtigen kann?«

»Heiß!«

»Von Witwe Bolte!«

»Ich hab nichts gesagt.«

Mütze tat, als sei er überrascht. Manchmal war es hilfreich, sich dumm zu stellen. Er machte ein leicht betrübtes Gesicht.

»Wie man sich freiwillig von seinen geliebten Tieren trennen kann …«

»Nun, ja, so ganz freiwillig ist das wohl nicht gewesen«, sagte der Wirt und senkte die Stimme, obwohl sie doch niemand hören konnte. Oder ob der Mann dahinten am Tresen, der mit Hut und Rauschebart, heimlich lauschte?

»Wie ist das zu verstehen?«, fragte Mütze.

»Haben Sie den Zettel an unserer Gemeindetafel nicht gesehen?«

»Zettel? Welchen Zettel?«

Nun ging der Wirt in die Knie und sprach noch leiser. »Max und Moritz haben die Viecher auf dem Gewissen!«

»Max und Moritz?«

Karl-Dieter war es fast unheimlich, wie gut sich Mütze verstellen konnte.

»Die beiden verzogenen Knaben von Erwin Bolte, dem verstorbenen Mann Ihrer Wirtin. Bevor sie sich aus dem Staub gemacht haben, haben sie Brot an Bindfäden gebunden, daran sind die Hühner verreckt.«

»Wann war das?«

»Wann das war? Seitdem es Hühnerfrikassee gibt«, grinste der Wirt.

»Und seit wann gibt es Hühnerfrikassee?«

Da verzog sich das Gesicht des Wirtes, das Grinsen verschwand, und eine misstrauische Falte quoll zwischen seinen Augen auf. Mit einer raschen Bewegung erhob er sich und fing wieder an, sich die Hände an seiner verdreckten Schürze zu reiben.

»Ich wüsste nicht, was Sie das angeht«, sagte er und verschwand in der Küche.

ACHTZEHNTES KAPITEL

»Verrat mir doch, was du vermutest!«

Die Freunde waren auf dem Weg zurück zur Pension, Karl-Dieter platzte vor Neugier.

»Alles noch nicht spruchreif«, knurrte Mütze, »wenn ich recht habe, stimmt da was nicht.«

»Was stimmt denn nicht?«

Mütze sah sich um. Sie hatten das Dorf verlassen, niemand war zu sehen. Nur weit draußen, auf den Feldern weit hinter dem Friedhof, tockerte ein alter Traktor entlang und zog eine staubige Fahne hinter sich her. War denn schon die Erntezeit gekommen?

»Also gut«, lenkte Mütze ein.

Eigentlich hatte er sich geschworen, Karl-Dieter bei seinen Ermittlungen nur in das Nötigste einzuweihen, aber dieser Fall war in mancherlei Hinsicht besonders. Vorsichtig zog er eine Klarsichttüte aus seiner Schimanskijacke, in der Tüte glänzte es weiß.

»Was ist das?«, fragte Karl-Dieter, obwohl es sich eindeutig um den Rest einer Eierschale handelte.

»Hab ich unter Witwe Boltes Apfelbaum gefunden.«

»Jedes legt noch rasch ein Ei und dann kommt der Tod herbei ...« Karl-Dieter betrachtete die Schale nun mit sichtbarem Entsetzen. »Dann stimmt es also, was der zeichnende Dichter auf das Blatt geschmiert hat.«

»Wie man's nimmt.«

»Was meinst du damit?«

»Schau genauer hin.«

Mütze hob die Tüte höher.

»Mensch, das gibt es doch nicht!«, rief Karl-Dieter aus.

»Eben!«, sagte Mütze, und in seiner Stimme lag ein leiser Triumph.

Als sie die Pension erreichten, kam schwanzwedelnd der Spitz um die Ecke gelaufen. Hinter ihm hergeschossen aber kam die Witwe, packte ihn bei der Leine und zog das widerstrebende Tier hinter sich her in den Garten, um ihn an dem Apfelbaum festzubinden.

NEUNZEHNTES KAPITEL

Dieses Miststück! Keine Minute lässt sie einen aus den Augen. Manchmal wünschte ich, ich wäre wieder eine Krähe. Als Vogel hat man andere Möglichkeiten, andere Freiheiten. Allein der Flug nach Dortmund-Dorstfeld zu Tante Dörte, was für ein Abenteuer ist das gewesen. Von der Mark Brandenburg quer über Deutschland bis in den Pott, wo die Sonne verstaubt, wie Herbert Grönemeyer so schön gesungen hat. Stolz wie Oskar bin ich auf mich gewesen, in nicht einmal sechs Stunden hatte ich den Langstreckenflug hinter mich gebracht und war in ihrem Garten gelandet. Wie hätte ich das als Hund schaffen sollen? Aber auch bei dem, was nun zu erledigen war, kam mir meine neue Identität sehr zugute, denn jetzt kam es auf die Feinmotorik an. Die Feinmotorik einer Krähe ist eindeutig besser als die eines Hundes. Dennoch, mit Schnabel und Krallen die wichtige Botschaft in den Sand zu scharren, ist kein Kinderspiel gewesen. Aber Tante Dörte hat's erkannt! Ich wusste es, die Stelle war gut gewählt. Den Sandweg zu den Beeten harkt sie stets mit Sorgfalt, er war wie eine blank geputzte Tafel. Sie hat meine Botschaft entdeckt und hat mir Karl-Dieter und seinen Freund Mütze geschickt. Mit Hilfe der beiden Freunde werde ich die Saubande ins Kittchen bringen. Nicht eher will ich ruhen.

So eine Seelenwanderung hat durchaus auch ihre gute Seite. Wenngleich der Grund, warum ich meinen menschlichen Körper verlassen musste, natürlich ein abscheulicher gewesen ist. Selbst als Krähe hat es mich noch geschüttelt, wenn ich an die Szene in dem Schneiderhaus dachte, an das wüste, schwitzende Durcheinander, das Gewühl der nackten Leiber, brrr … Niemals hätte ich gedacht, so gemein betrogen zu werden. Mein Verdacht, wie bitter hat er sich bewahrheitet. Nur auf mein Geld hat es

Klothilde abgesehen, ich selbst bin ihr völlig egal gewesen. Die schönen Augen, die sie mir gemacht hat, all ihre Sprüche vom Traummann, von meinen ausdrucksstarken Händen, Lügen, nichts als Lügen. Von Anfang an hat sie mich betrogen. Um ihren dunklen Trieben nachzugeben, hat sie mir regelmäßig was ins Bier gekippt, damit ich schlafe wie ein Stein. Doch ich bin dahintergekommen – oja! –, an jenem Abend, der mein letzter als Zweibeiner sein sollte. Hab nur so getan, als würde ich das Bier trinken, hab es heimlich weggeschüttet, hab mich schlafend gestellt, habe vor mich hingeschnarcht, um Klothilde in Sicherheit zu wiegen. Selbst, als sie mir noch gemein ins Ohr gekniffen hat, um die Tiefe der Narkose zu überprüfen, habe ich nur einen schwachen Schnaufer von mir gegeben. So ist sie fröhlich davon und ich in hübschem Anstand heimlich hinterher, bis wir beim Haus des Schneiders ankamen. Oh, diese furchtbare Orgie, nie wieder werde ich die Szenen aus meinem Hirn bekommen! Irgendetwas muss mich verraten haben, vielleicht bin ich doch zu nah an die Scheibe geraten. Normalerweise sieht man nicht, was draußen passiert, wenn es stockdunkel ist, denn dann wird eine Scheibe zum Spiegel. Plötzlich aber merkte ich, wie sie mich anstarrt, wie hypnotisiert blickte sie in meine Richtung und bekam die Panik. Ihr ganzer schöner Plan, mit einem Schlag war er dahin. Zumindest, solange das Testament fehlte. Und so beschloss das Biest, mich kurzerhand abzumurksen. Ich könnte ihr die Nase abbeißen!

ZWANZIGSTES KAPITEL

»Was hattest du für einen Eindruck von der Witwe? Ich meine, während ich im Garten recherchiert hab, hast du dich doch mit ihr unterhalten.«

»Nervös, würde ich sagen. Nervös und fahrig zugleich. Erst hat sie mich angeblafft, war stinksauer. Wie ich es nur wagen könnte, ihre privaten Räume zu betreten! Erst als ich sie stotternd gefragt habe, wo ich ein Trinkgeld hinterlassen könnte, wurde sie etwas freundlicher und hat mir das Plaste-Sparschwein an der Rezeption gezeigt.«

»Du hast ihr allen Ernstes ein Trinkgeld gegeben?«

»Was sollte ich tun? Etwas Besseres ist mir nicht eingefallen.«

»Hat sie was erzählt, ich meine etwas von Bedeutung?«

»Nichts, rein gar nichts.«

Die Freunde saßen auf ihrem Zimmer. Auf dem kleinen Tischchen mit dem Häkeldeckchen lag der Beutel mit der Eierschale. Karl-Dieter nahm ihn erneut in die Hand und betrachtete den Schalenrest. Blassrosa schimmerte der Aufdruck mit dem aufgedruckten Erzeugercode, schwer zu erkennen, aber nicht wegzudiskutieren.

»Unglaublich, dass dir das aufgefallen ist!«

»Die Sonne schien genau darauf, war nicht zu übersehen. Ich kenn mich ja nicht so aus mit Lebensmitteln, so viel aber war mir klar, auch die modernsten Hennen haben noch keinen Stempel am Hintern, mit dem sie die Eier bedrucken.«

Sie hatten lange diskutiert, wie das alles wohl zusammenhing. Klar war, die Witwe spielte ein doppeltes Spiel. Tat, als seien ihre Hühner elend am Baum verreckt, dabei war das Federvieh allem Anschein nach einen ganz anderen Tod gestorben, die nachträglich zerbrochenen Eier jedenfalls waren mehr als verdächtig.

»Sie will Max und Moritz die Tat unterschieben.«

»Was ihr offensichtlich auch gelungen ist.«

»Sie hat es überall rumerzählt, da hat unser unbekannter Künstler gleich seine nächste Bildergeschichte draus gemacht.«

»Aber warum hat sie das gemacht?«

»Um die Brüder als Strolche hinzustellen.«

»Was sollte das für einen Sinn ergeben?«

»Vielleicht, um das Verschwinden der beiden plausibler zu machen.«

»Du meinst …«

»Ich meine gar nichts, ich ziehe nur meine Schlüsse.«

»Wer aber ist der Comiczeichner? Oder ob die Bildergeschichte nicht vielleicht von ihr selbst stammt?«

»Glaub ich nicht. Oder hältst du sie für eine Künstlerin? – Eben! Komm, lass uns noch mal zum Friedhof gehen, ich hab da so ein Knacken im Urin.«

EINUNDZWANZIGSTES KAPITEL

Oh, ich rieche es genau, ich ahne, was ihr vorhabt, ihr, meine einzige Hoffnung, meine Verbündete im Kampf gegen das Verbrechen. Warum nur kann ich euch nicht begleiten, warum hat mich die Alte so gemein an den Apfelbaum gebunden? Ihr brecht wieder auf, geht zum Dorf zurück, zum Friedhof! Hoffentlich fall ich euch wieder ein, meine Freunde, hoffentlich versteht ihr, was ich euch sagen wollte. Nehmt einen Spaten, fangt an zu graben. Die Wahrheit, sie liegt in der Erde versteckt. Wenn ihr meine Leiche ausgrabt, meine unglückliche letzte Seelenbehausung, werdet ihr erfahren, was sich ereignet hat. Mord! Es handelt sich um nichts anderes als Mord! Um einen ganz perfiden noch dazu.

Aus den niedrigsten Beweggründen hat man mich um die Ecke gebracht. Um an mein Erbe zu kommen, und damit nicht bekannt wird, was sich im Haus der Schneiders für Schweinereien abspielen. Mein Erbe, mein Vermögen! Wie konnte ich nur so dämlich sein, Pläne für die Zukunft Finsterfeldes zu schmieden. Was hatte ich alles an Projekten vor! Unsere Pension wollte ich zu einem Fünf-Sterne-Wellnesshotel umbauen, mit Saunalandschaft, Massagebereich, Außenpool und allen Schikanen. Den Schneider – o möge das verlogene Miststück in der Hölle braten – wollte ich nach Paris zur Fortbildung schicken und den Bäcker mit Bio-Weizen beliefern, den Bauer Mecke künftig mit Hilfe meiner Subventionen auf seinen Felder anbauen würde. Die Uferlandschaft der Dosse wollte ich im Rahmen einer Landesgartenschau umgestalten lassen, die Straßen wollte ich pflastern, der Dorfschule Laptops und Whiteboards spendieren, der Kirche eine neue Orgel, dem Dorfpolizisten einen modernen Streifenwagen statt eines klapprigen Dienstrades vor die Tür stellen … Das alles hatte ich mit Finsterfelde vor – und dann haben mich die Sexmonster um die Ecke gebracht, welch mieser, unappetitlicher feiger Mord!

Natürlich kann man im Lichte meines weiteren Schicksals einwenden, von einem Mord im eigentlichen Sinne könne nicht gesprochen werden. Natürlich könnte man behaupten, ich lebe doch weiter, nur in einem etwas anderen Outfit. Wenn das bekannt wird, wenn die Existenz der Seelenwanderung ins allgemeine Bewusstsein dringt, muss das deutsche Strafrecht reformiert werden. Ein neuer Paragraf muss her, das Verbot, jemanden zu entleiben. Jawohl, das ist der richtige Ausdruck, Entleibung oder besser noch Umleibung. Ja, so muss es formuliert werden: Es ist bei Strafe verboten, jemanden umzuleiben. Speziell, wenn er sich durch diesen Vorgang in seiner Position verschlechtert so wie bei mir. Obwohl, ein geschickter Verteidiger könnte natürlich argumentieren, dass mein Abstieg über die Krähe zum Vierbeiner nicht vorauszusehen gewesen ist, weil man sich üblicherweise bei einer Seelenwanderung verbessert, dass ein Mord also kein Mord ist, sondern in den meisten Fällen ein Segen, ein Aufstieg, eine Art Beförderung. Nur bei Menschen, die im Leben versagt haben, droht der Abstieg und zwar tierisch.

Das ist ein Punkt, der unglaublich schmerzt, mit dem ich überhaupt nicht klarkomme. Ständig zermartere ich mir deswegen das Hirn. Was glauben Sie, wie ich mir den Kopf zerbreche, warum gerade ich als Krähe wiedergeboren worden bin. Ist mein Leben als Mensch denn so unmenschlich gewesen? Wem habe ich geschadet, wem Leid zugefügt? Gut, ich bin Banker gewesen, nicht der angesehenste Beruf, aber ich habe doch niemals jemanden betrogen, jedenfalls nicht außerhalb des Branchenüblichen. Hier mal einem Kunden das Kleingedruckte nicht laut genug vorgelesen, dort mal gewisse Risiken beschönigt … Solche Sachen eben, lässliche Sünden, nichts weiter. Wie habe ich gehadert mit meinem Schicksal, als ich mich oben auf dem Dach der Finsterfelder Kirche wieder-

fand, habe zornig widersprochen, von einer himmelschreienden Ungerechtigkeit gekrächzt. Das ist meine erste Reaktion gewesen. Dann aber bin ich in mich gegangen und habe versucht, mein Gewissen zu erforschen, und habe langsam, ganz langsam angefangen zu kapieren. Max und Moritz, meine Jungs. Natürlich! Darin bestand meine Schuld! Ich habe mich an meinen Kindern versündigt, an Max und Moritz! Warum nur habe ich zugelassen, dass die beiden ins Internat gesteckt worden sind? Zugegeben, sie haben Finsterfelde ganz schön aufgemischt. Aber doch nicht aus bösem Willen, doch nur, weil sie sich ungeliebt vorgekommen sind, weil sie kein Mensch akzeptiert hat. Ich muss Tomaten auf den Augen gehabt haben, dass ich das nicht erkannt habe. Als Erstes der Schicksalsschlag, der Tod von Marga, ihrer Mutter, meiner geliebten ersten Frau. Noch schlimmer aber scheint für die beiden Jungs meine Wiederverheiratung gewesen zu sein, der Umzug nach Finsterfelde. Dabei habe ich es nur gut gemeint, wollte den beiden eine neue Mutter schenken. So bin ich bei Parship gelandet. Hätte ich doch zumindest verschwiegen, wie begütert ich bin! Hatte gemeint, ehrlich sein zu müssen, hatte wohl auch heimlich befürchtet, dass sich sonst keine Frau für mich interessiert. Wer nimmt denn schon einen Witwer mit zwei halbwüchsigen Kindern? »Die katholischen Frauen vom Lande sind die besten Ehefrauen«, hat mein Vater uns Kindern immer gesagt. Gut, meine liebe Klothilde – ich könnte ihr in die Waden beißen! –

ist evangelisch, dafür aber so was »vom Lande«, dass die kleine konfessionelle Unschärfe mehr als ausgeglichen sein müsste, so dachte ich damals, als ich verliebt und verblendet über dem Computer gesessen habe. Welch grausamer Irrtum! Zuerst hat sie mir per E-Mail jede Menge Honig ums Maul geschmiert. Zwei Kinder? Welches Glück! Sie habe sich immer zwei Jungs gewünscht! Schwieriges Alter? Ein schwieriges Alter gebe es nicht, nur schwierige Eltern. Sie wolle den beiden eine gute Mutter sein und mir eine liebende Ehefrau. Den Kindern würde es sicher bei ihr gefallen, die Hühner, der Hahn, der Spitz – ein Paradies für heranwachsende Jungen, Abenteuer pur in der Natur. Die frische Landluft sei das beste Mittel gegen pubertäre Dummheiten, sich in Wiesen und Felder auszutoben, die Dosse zu stauen und Fische zu fangen: Was gäbe es Herrlicheres für ein Jungenherz?

So bin ich zu einem ersten Treffen nach Finsterfelde gereist, allein natürlich, ohne meine Jungs, die ich bei meiner Schwippcousine, ihrer geliebten Tante Dörte in Dortmund-Dorstfeld, untergebracht hatte. Das erste Treffen, das ist schon etwas Besonderes gewesen. Ich neige nicht zur Nervosität, aber es war mein erstes Date seit Jahren; seit ich meine Marga kennengelernt hatte, hatte ich kein Rendezvous mehr gehabt. Ich bin extra nicht mit meinem 7er-BMW angezwitschert gekommen, wollte nicht als Protz auftreten, als pensionierter Bankdirektor, der mit Geldscheinen nur so wedelt. Stattdessen hab ich mich in meinen Oldti-

mer geschmissen, einen bescheidenen Käfer-Cabriolet. Ich weiß noch genau, wie ich damit durch Finsterfelde gefahren bin. Im Ort habe ich einen dicken Mann nach der Pension Zum ewigen Frieden *gefragt, er hat mir lachend den Weg gewiesen, »Schönen Aufenthalt, junger Mann!«, hat er mir noch hinterhergerufen.*

Vielleicht hab ich mich auch von ihrem Beruf blenden lassen. Vielleicht hab ich mir gedacht, eine Pensionswirtin versteht es, einem das Leben angenehm zu machen. Wer sein ganzes Leben für andere dagewesen ist, wer alles dafür getan hat, dass man sich in seinem Haus wohlfühlt, der muss doch für Mann und Kinder die beste Partie sein. Was für eine furchtbare Fehleinschätzung!

Am Anfang natürlich, am Anfang ist alles anders gewesen. Da hat Klothilde Kreide geschluckt und alles getan, dass ich mich bei ihr wohlfühle. Sie hat mich verwöhnt wie ein Schoßhündchen, hat mir jeden Morgen zum Frühstück zwei Spiegeleier mit Speck gebraten, mich beim Fernsehen hinter den Ohren gekrault, mir die Socken gestopft und als Betthupferl einen Kosakenzipfel serviert. Dabei hat die falsche Henne in mir von Anfang an nur das Goldfasänchen gesehen, davon bin ich überzeugt. Warum hab ich mich auch hinreißen lassen, über meine Vermögensverhältnisse Auskunft zu geben? Als wir uns nach dem dritten Gläschen Likör näherkamen, fing ich unvorsichtigerweise an zu plaudern. Zumindest die Villa auf Malle hätte ich doch verschweigen können und auch die Jacht im Hafen von Saint Tropez! Immer leidenschaftlicher aber hat sie mir das Haar gekrault, vielleicht bin ich einfach auch nur ausgehungert gewesen nach Zärtlichkeit, wer weiß? Wie sie damit begann, mir meine Ohrläppchen zu massieren, habe ich von meinen Goldschätzen zu erzählen begonnen, den hübschen Barren, aus denen ich, wenn ich mich langweile, kleine Türme zu bauen pflege, wie ein kleiner Junge mit Legosteinen. Und wie ihre Hände dann tiefer rutschten, in meinen Hemdausschnitt hinein, wie sie anfing, meine Brust zu streicheln, da habe ich ihr zu allem Überfluss auch noch von meinen Immobilienfonds berichtet. Darauf, ich schaudere, wenn ich daran zurückdenke, hat sie mir die Brille abgenommen und hat ihre Lippen leidenschaftlich auf die meinen gepresst, und dann, ja dann fing sie an, mit ihrem Zeigefinger in meinem Bauchnabel zu bohren. Oh, ich Idiot! Da habe ich ihr, erhitzt wie ich war, die Höhe meiner Aktiendepots verraten. Was dann geschah, darüber sei gnädig die Decke des Vergessens gebreitet.

Jedenfalls waren wir seitdem ein Paar. Zwei Wochen später zog ich bei ihr ein, mit den Jungs, zwei weitere Wochen später traten wir vor den Traualtar, in der Kirche von Finsterfelde, im kleinsten Kreis, wir sind ja beide nicht mehr die Jüngsten gewesen. Mit dem Tag der Hochzeit aber gingen die Probleme los. Plötzlich gefielen Klothilde die Tischsitten von Max und Moritz nicht mehr. Zugegeben, sie aßen etwas ungeschickt, experimentierten gelegentlich auch gerne, so wollten sie die Reißfestigkeit der Spaghetti testen, auch mal ausprobieren, ob sich der Schokopudding vom Löffel katapultieren ließ, Jungs eben. Klothilde aber nahm nun Anstoß daran, verlangte, ich solle sie erziehen, immerhin sei ich der Vater. So nahm das Desaster seinen Lauf.

Von der Hexe (meine Jungs nannten sie tatsächlich so, damals habe ich sie streng ermahnt, heute würde ich von Menschenkenntnis sprechen) ließen sie sich gar nichts sagen, sie solle sich nicht etwa einfallen lassen, einen auf Mama zu machen, das könne sie glatt vergessen. Ich versuchte alles, versuchte, bei meiner Frau Verständnis zu wecken und zugleich Max und Moritz so gut es ging die gröbsten Flausen auszutreiben, umsonst, ich geriet immer mehr zwischen die Stühle, und dort sitzt es sich bekanntlich am unbequemsten.

Richtig schlimm aber wurde es, als die Beschwerden auch noch aus der Schule kamen. Lehrer Lämpel, das alte Miststück, ließ mich persönlich antanzen. Wenn sich das Verhalten meiner Zöglinge (er benutzte tatsächlich noch den verstaubten Ausdruck) nicht bessere, müsse er über ernsthafte Konsequenzen nachdenken. Er habe schon viele Generationen von Schülern unterrichtet, solche Bengel aber seien ihm noch nicht vorgekommen. Die beiden seien doch ganz normale Jungs, entgegnete ich, das trieb ihn erst recht auf die Palme. Ob es normal sei, Rotzkugeln an die Decke des Klas-

senzimmers zu werfen? Ob es normal sei, eine tote Maus hinter die Heizung zu stecken, sodass es bestialisch zu stinken begänne? Ob es normal sei, wenn er die Tafel öffne und dort eine nackte Kreidefrau erscheine mit einem Mann auf der Nase, der eindeutig ihn darstellt, und zwar in einem Zustand, in einem Zustand, den er nicht beschreiben wolle. Was hätte ich ihm entgegnen sollen? Dass sie doch nur nach etwas Anerkennung durch ihre neuen Mitschüler gegiert haben?

Drei Wochen später kam die Nachricht vom Schulrat. Meine Jungs seien nicht länger beschulbar, sie müssten auf ein Internat für Schwererziehbare in den Spreewald, in die lang erprobte Besserungsanstalt des bewährten Pädagogen Doktor Göbel, die nun den beschönigenden Namen Cool-Kids trägt. Vom Duft der Spreewaldgurken umweht, wäre aus jeder noch so schwarzen Seele ein zahmes Lämmlein geworden. Was sollte ich machen? Klothilde behauptete, es sei das Beste so. In dem Internat würden Max und Moritz unter der Anleitung erprobter Erzieher auf den rechten Weg zurückgebracht. Um des lieben Friedens willen habe ich zugestimmt, auch wenn die Jungs stinksauer waren. Sie würden es später schon einsehen, hat mir Klothilde eingeflüstert, und wir hätten wieder mehr Zeit für unsere Zweisamkeit.

Zeit für Zweisamkeit? Die falsche Schlange! Lange hatte ich mich von ihr einlullen lassen, bis ich Verdacht geschöpft hatte. Alle zwei Wochen, immer an den Sonntagabenden, geschah etwas Seltsames. Ich wurde nach der »Tagesschau« unerklärlich müde, ging früh zu Bett und fiel in einen tiefen Schlaf. Am nächsten Tag noch war ich wie gerädert, etwas, was ich nicht kannte. Mir kam die Sache zunehmend verdächtig vor.

Dann kam der Sonntagabend, an dem ich nur vortäuschte, als würde ich mein Bier trinken. Ich mimte den Müden und tat, als würde ich zu Bett gehen, tatsächlich aber war ich hellwach. Kurz darauf kam Klothilde ins Schlafzimmer und zwickte mich schmerzhaft ins Ohr, worauf ich nicht reagierte. Vorsichtig die Lider öffnend, konnte ich beobachten, wie sie sich umzog. Und wie sie sich umzog! Die schärfste Wäsche, ein schwarzes Spitzenhöschen und einen kunstvoll perforierten BH. Darüber zog sie sich lediglich einen Leopardenmantel, holte Lackstiefel aus einem Versteck und klackerte von dannen. Ich aus dem Bett und mit einigem Abstand hinterher, sah sie durch die Dunkelheit eilen, am Friedhof vorbei durchs Dorf, dann über die Dossebrücke zum Haus des Schneiders. Ich wartete eine Weile, lief dann ebenfalls über die Brücke, schlich um die Schneiderei und trat vorsichtig zum Fenster.

Die Bande war so unvorsichtig zu meinen, die zum Dorf abgelegene Hausseite nicht verdunkeln zu müssen. Rasch nahm ich meine Beobachtungsposition ein. Ich brauchte nicht zu befürchten, entdeckt zu werden. Die saubere Mannschaft war viel zu vertieft in ihre Spielchen, um mich zu bemerken. Mir wurde schlecht, dennoch blieb ich aus unerfindlichen Gründen stehen, schaute zu, wie um mich zu quälen. Ich kannte die Teilnehmer, o ja, ich kannte sie gut! Unter meiner lieben, nun vollkommen nackten Klothilde lag der Schneider auf dem Rücken und stopfte, während sie und alles an ihr wild auf- und abhüpfte, mit aufgesetztem Zwicker und flinker Nadel konzentriert etwas an ihrem ausgezogenen Höschen. Neben ihnen saß der Müller auf einem Spielzeugpferdchen und wurde von Frau Schneiderin mit der Kinderpeitsche bearbeitet. Auch sie waren splitternackt und hatten einen Heidenspaß, ja, zu allem Überfluss stimmten sie dann noch alle miteinander ein Liedchen an, schauerlich klang's, noch draußen war es deutlich zu hören: »Wir lagen vor Madagaskar und hatten die Pest an Bord …« – Die Pest an Bord! Ich wünschte ihnen die Pest an den Hals!

Hatte ich einen Fehler gemacht? War ich gegen die Scheibe gestoßen? Plötzlich schaute mir Klothilde starr in die Augen und stoppte abrupt ihre gymnastischen Übungen auf dem Schneider. Sie sagte etwas, dann drehten sich alle vier zu mir um, sahen in meine Richtung. Noch hätte ich wegrennen können, allein, ich erstarrte zur Salzsäule. Im nächsten Moment wurde die Terrassentür aufgerissen, sie stürzten sich auf mich.

»Lasst ihn nicht entkommen, den dreckigen Spanner!«, rief Klothilde, meine Klothilde, die sonst immer so säuselte.

Sie zerrten mich in ihre sündige Kammer, endlich kam ich wieder zu mir, erwachte aus der Erstarrung, versuchte, mich zu wehren, vergebens. Sie rissen mich zu Boden, setzten sich rittlings auf mich, die ganze Bande, ich kann gar nicht sagen, was schlimmer war, die Angst oder der Ekel. Vier nackte Menschen auf meinem Leib, darunter der Müller, der allein zwei Zentner wiegt. Kann man sich einen größeren Albtraum denken? Ich spürte, wie mir die Luft wegblieb, spürte, wie sich alles zu drehen beginnt. Ich wollte um Hilfe rufen, aber die Schneiderin drückte mir nun ihren Hintern aufs Gesicht, ich versuchte, mich aufzubäumen, vergeblich, mir wurde schwarz vor Augen und immer schwärzer. Das ist alles, woran ich mich erinnern kann, dann bin ich als Krähe wieder aufgewacht.

ZWEIUNDZWANZIGSTES KAPITEL

Mützes Nase hatte ihn nicht getäuscht. Als die Freunde am Friedhof ankommen, hing ein neuer Zettel am Aushang:

Zweiter Streich

Als die gute Witwe Bolte
Sich von ihrem Schmerz erholte,
Dachte sie so hin und her,
Dass es wohl das Beste wär,
die Verstorbnen, die hienieden
Schon so frühe abgeschieden,
Ganz im Stillen und in Ehren
Gut gebraten zu verzehren.
Freilich war die Trauer groß,
Als sie nun so nackt und bloß
Abgerupft am Herde lagen,
Sie, die einst in schönen Tagen
Bald im Hofe, bald im Garten
Lebensfroh im Sande scharrten.

Ach, Frau Bolte weint aufs Neu,
Und der Spitz steht auch dabei,
Max und Moritz rochen dieses,
»Schnell aufs Dach gekrochen!«, hieß es.

Durch den Schornstein mit Vergnügen
Sehen sie die Hühner liegen,
Die schon ohne Kopf und Gurgeln
Lieblich in der Pfanne schmurgeln.

Eben geht mit einem Teller
Witwe Bolte in den Keller,
Dass sie von dem Sauerkohle
Eine Portion sich hole,
Wofür sie besonders schwärmt,
Wenn er wieder aufgewärmt.
Unterdessen auf dem Dache
Ist man tätig bei der Sache.
Max hat schon mit Vorbedacht
Eine Angel mitgebracht.
Schwupdiwup, da wird nach oben
Schon ein Huhn heraufgehoben!
Schwupdiwup, jetzt Numro zwei!
Schwupdiwup, jetzt Numro drei!
Und jetzt kommt noch Numro vier:
Schwupdiwup, dich haben wir!
Zwar der Spitz sah es genau
Und er bellt: Rawau, rawau!
Aber schon sind sie ganz munter
Fort und von dem Dach herunter.
Na, das wird Spektakel geben,
Denn Frau Bolte kommt soeben;
Angewurzelt stand sie da,
Als sie nach der Pfanne sah.

Alle Hühner waren fort,
»Spitz!«, das war ihr erstes Wort.
»O du Spitz, du Ungetüm!
Aber wart, ich komme ihm!«
Mit dem Löffel groß und schwer
Geht es über Spitzen her;
Laut ertönt sein Wehgeschrei,
Denn er fühlt sich schuldenfrei.
Max und Moritz im Verstecke
Schnarchen aber an der Hecke.
Und vom ganzen Hühnerschmaus
Guckt nur noch ein Bein heraus.
Dieses war der zweite Streich,
Doch der dritte folgt sogleich.

»Es wird immer schlimmer.«

»Und immer verlogener. Die Jungs sind's doch gar nicht gewesen. Hier wird eine Legende gestrickt.«

»Von frecher Hand mit frechem Strich.«

»Eine Verschwörung.«

»Mit welchem Ziel?«

»Die wahren Spuren zu verwischen.«

»Apropos verwischen, siehst du die Alte dahinten, gleich am ersten Haus?«

»Die mit dem Kehrbesen? Die ist doch nicht richtig im Kopf.«

»Lass uns trotzdem noch mal zu ihr hin.«

DREIUNDZWANZIGSTES KAPITEL

»Ich glaub, mich laust der Affe. Ihr seid ja immer noch nicht weg«, knurrte die Alte, ohne ihre Staubaufwirbelaktion zu unterbrechen.

»Was wundert Sie das?«

»Keiner bleibt bei der Bolte länger als eine Nacht. Nur einer hat das mal versucht – deshalb sieht man den heute so wenig.«

»Wen meinen Sie?«

»Was geht Sie det an?«

Bedrohlich ging der Besen auf Mützes Füße los, sodass der Kommissar unwillkürlich einen Schritt rückwärts machte. Plötzlich hielt die Alte inne, streckte ihren krummen Rücken, indem sie sich auf ihren Besen stützte, und sah zu ihnen empor.

»Dass ihr mir nur nicht auf die Idee kommt, die Witwe zu heiraten«, sagte sie kichernd, worauf ihr Goldzahn zu blinken begann, »und wenn, dann steigt um keinen Preis in ihre Badewanne, hört ihr?«

»Wieso das?«

»Eben drum.«

»Kapier ich nich.«

»Das is mir schnurzpiepe.«

In sich hineinlachend, drehte sich die Alte um und wirbelte nun die Straße hinunter Richtung Dorf, mit einem Schwung, dass es nur so staubte.

VIERUNDZWANZIGSTES KAPITEL

Hätten die Freunde auf dem Weg zurück zur Pension noch einmal auf die Tafel mit den Anschlägen geschaut, so wäre ihnen vielleicht etwas aufgefallen. Am Rand der jüngsten Zeichnung waren zwei Maikäfer gelandet und machten sich mit grimmigem Eifer daran, an dem Blatt zu nagen. Schon hatten sie mit ihren Beißwerkzeugen ein kleines Loch hineingefressen, und es sah nicht danach aus, als wollten sie sich in ihrem Treiben stören lassen. Ohne Unterlass knabberten sie weiter drauf los, wie von einer geheimen Kraft getrieben.

FÜNFUNDZWANZIGSTES KAPITEL

Der Abend war gekommen. Karl-Dieter hatte sich geweigert, zum dritten Male Hühnerfrikassee zu essen, überhaupt war ihm der Appetit auf Geflügel gründlich vergangen. In der kleinen Bäckerei, die zugleich als Dorfladen diente, hatte er alles für ein kleines Picknick bekommen. Nun zogen die Freunde auf eine nahe Anhöhe, von der aus man eine gute Sicht auf Finsterfelde hatte. Sogar eine Flasche Wein lag im Korb, sie würden also auf nichts verzichten müssen. Der Spitz, der immer noch am Apfelbaum angebunden war, hatte traurig hinter ihnen her gejault. Roch er die Blutwurst im Korb oder hatte er sie tatsächlich ins Herz geschlossen?

»Ich verstehe ihn gut«, sagte Mütze, »alles ist besser, als bei dem furchtbaren Drachen zu bleiben.«

Der Weg den Hügel hinauf zog sich in die Länge, die Sonne hatte noch Kraft, so kamen sie ins Schwitzen, zumindest Karl-Dieter, dessen Kondition verbesserungswürdig war. Endlich aber hatten sie die Anhöhe erreicht. Am Rande einer grünen Wiese, über die wie besoffen Hunderte von Schmetterlingen torkelten, stand einladend eine Holzbank. Die Freunde setzten sich, Karl-Dieter breitete eine karierte Decke zwischen sich und Mütze aus und begann damit, den Proviant auszupacken, leckere Backwaren vor allem, aber auch Oliven, Tomaten, Bergkäse und eine magere Salami.

»Der Bäcker ist für seine Brezeln bekannt«, sagte er und zog zwei herrliche Exemplare hervor, »stell dir vor, er backt noch in einem richtigen Backhaus, in einem steinernen Ofen, den er mit Holzkohle beheizt, toll, nicht?«

Die Zahnputzbecher aus der Pension mussten als Weingläser herhalten, natürlich hatte sie Karl-Dieter gründlich gewaschen und poliert. Als der Wein hineinlief, fingen sie bordeauxrot an zu strahlen. Die Freunde prosteten sich zu. Aus der Ferne betrachtet, sah das öde Dorf richtig idyllisch aus. Vielleicht lag das auch am warmen Schein der Abendsonne, der alles in ein gefälliges Licht tauchte.

»Dennoch, wie kann man nur freiwillig hier leben?«, sagte Mütze. »Hier könntest du mich im Unterhemd an eine Wäscheleine zwicken. Vermutlich wäre ich als Jugendlicher ebenfalls auf und davon.«

»Glaubst du etwa nicht mehr an ein Verbrechen?«

»Wünschst du dir etwa eines?«

»Quatsch, Mütze.«

Karl-Dieter war beleidigt. Wenn sich einer von ihnen ein Verbrechen wünschte, dann doch eindeutig Mütze. Es war nur so, Tante Dörte neigte nicht dazu, sich unnötig Sorgen zu machen. Sie war eine echte Ruhrpottlerin, nüchtern, zupackend, realistisch. Wenn sie sich Sorgen machte, dann waren diese Sorgen höchst ernst zu nehmen. Und außerdem, war nicht vieles hier äußerst merkwürdig? Selbst Mütze hatte das doch festgestellt. Immer wieder musste Karl-Dieter an die nächtliche Gestalt denken. Er hatte sich das nicht eingebildet, es ist kein Schatten der Windmühle gewesen. Ein Schatten, der einen Brief durch den Fensterschlitz einwirft, wann hat es das gegeben?

»Stört es dich, wenn ich kurz mal telefoniere?«, fragte Karl-Dieter.

»Wen willst du denn anrufen?«

»Tante Dörte.«

SECHSUNDZWANZIGSTES KAPITEL

Tante Dörte ging gleich dran. Sie freute sich sichtlich, Karl-Dieters Stimme zu hören. Wenn er nicht angerufen hätte, hätte sie sich heute noch gemeldet.

»Ich sitze wie auf Kohlen«, sagte sie, »raus mit der Sprache, was gibt's Neues?«

Karl-Dieter warf einen kurzen Blick zu Mütze. Er musste vorsichtig sein, Mütze hasste es, wenn er Ermittlungsdetails ausplauderte.

»Leider noch keine Spur von den beiden Jungs«, sagte er, »jedenfalls noch nichts Konkretes. Haben sie sich vielleicht inzwischen bei dir gemeldet?«

Es folgte eine kurze Pause.

»Aber nich doch«, sagte Tante Dörte dann mit betroffener Stimme, »sonst hätte ich euch doch Bescheid gegeben.«

Karl-Dieter warf erneut einen scheuen Seitenblick zu Mütze.

»Hat es vielleicht eine neue Botschaft gegeben, ich meine, vielleicht auf deinem Gartenweg?«

»Nichts, gar nichts«, sagte Tante Dörte, »jeden Morgen in der Früh gehe ich gleich hinaus, um nachzusehen. Nichts, keine neue Spur im Sand. Und ich hab alles noch mal ganz sorgfältig geharkt.«

Mütze schnaufte still in sich hinein. In welchen Film war er hier geraten? Löste man nun die Fälle wie einst im antiken Griechenland? Mit Hilfe eines Orakels? Mann, er war ein harter Bulle. Fakten, Fakten, Fakten! Das war das Einzige, was ihn interessierte. Aber offensichtlich war überall wieder das fröhliche Neuheidentum ausgebrochen. Vernunft und Verstand? Ach, wie langweilig! Ein jeder strickte sich sein eigenes Bild von der Welt und posaunte es stolz in die Welt hinaus. Und nun machte er selbst bei einer solch windigen Sache mit.

Was wussten sie denn schon objektiv? Was lag zumindest auf der Hand? Zwei Jungen waren verschwunden, Max und Moritz, sozial-emotional instabile Charaktere offensichtlich. Traumatisiert vom überraschenden Tod ihres Vaters und von der Stiefmutter tyrannisiert, hatten sie das Weite gesucht. Was sollte sie noch in Finsterfelde halten? Finsterfelde war nicht ihre Heimat. Sie hatten sich hier nie wohlgefühlt. In der Schule sind sie Außenseiter gewesen, der Lehrer hatte sie rauswerfen lassen. Zu ihrer Stiefmutter hatten sie ein denkbar schlechtes Verhältnis, und ins Internat wollten sie auch nicht zurück. So hatten sie die Chance für eine Abenteuerreise gesehen. Sie waren jung, genau wie der herrliche Sommer. Warum nicht auf Tour gehen und das ganze Schlamassel vergessen?

Zugegeben, ein paar Dinge blieben merkwürdig. Die angeschlagenen Zeichnungen mit den vorgeblichen Streichen der beiden, das Verhalten der Witwe, die Eierschale mit dem Herkunftsnachweis unter dem Apfelbaum, an dem angeblich die Bio-Hennen ihren Geist ausgehaucht haben, das Hühnerfrikassee im *Kurfürst*, der nervöse Besuch der Witwe beim Schneider ohne erkennbaren Geschäftshintergrund, die Hundeszene auf dem Grab. Vielleicht hatte auch Karl-Dieter recht und jemand hat ihr nachts einen Brief durchs Fenster geworfen, wer weiß. Aber selbst, wenn man alles zusammennahm, ergab das doch noch keinen Hinweis auf ein Verbrechen. Warum sollte die Wirtin ihren Mann ermordet haben, wie auf dem Sandweg von Tante Dörte zu lesen war? Und warum dann auch noch Max und Moritz? Um ihr Erbe zu vergrößern? Das war der Punkt, den es noch zu klären galt. Wie hoch war das Erbe und wer profitierte davon in welcher Weise? Das wäre Routinearbeit, wenn, ja wenn er offiziell ermitteln dürfte. So aber stocherte er weiter im Nebel. Aber nur noch bis morgen Abend. Dann war Schluss, morgen würden die Koffer gepackt.

Mütze schenkte sich ein weiteres Glas Rotwein ein. Hoffentlich beendete Karl-Dieter endlich das Telefonat. Tante hin, Tante her, es war doch so was von unergiebig. Selbst der orakelnde Gartenweg hatte beschlossen, nichts mehr von sich zu geben.

»Auch vom Standesamt habe ich keine guten Nachrichten bekommen«, berichtete Tante Dörte.

»Vom Standesamt?«

»Wegen des Erbes. Versteh mich nicht falsch, Karl-

Dieter, ich brauch ja nichts, nichts für mich persönlich. Nichts will ich von Erwin vererbt bekommen, ich bin ja auch nur seine Schwippcousine gewesen. Aber er hat immer zu mir gesagt, liebe Dörte, nach meinem Tode bekommst du mal meinen VW-Käfer, weißt schon, den mit ohne Dach, damit fährst du dann zum Konsum von Dorstfeld und lässt dich von deinen Freundinnen bewundern.«

»Ja und? Bekommst du den Wagen?

»I wo! Der Standesbeamte hat mir gesagt, ich sei nicht bedacht worden.«

SIEBENUNDZWANZIGSTES KAPITEL

Wenn die Alte glaubt, sie kann mich daran hindern, ihre Untaten aufzudecken, dann hat sie sich geschnitten. Auch wenn sie mich an den verdammten Apfelbaum angebunden hat. Es dauert nicht mehr lange, gleich habe ich die verdammte Lederleine durchgebissen, es geht gut voran, wenn nur der Geschmack nicht so grauenhaft wäre. Es schmeckt einfach furchtbar, zumindest für einen Spitz, der vor Kurzem noch ein Mensch gewesen ist.

Wie ich zum Spitz geworden bin? Das habe ich

noch nicht erzählt? Entschuldigung, dann wird's Zeit. Wo war ich stehen geblieben? Auf der Kirche von Finsterwalde, richtig.

Wie ich mich nach der Moritat unverhofft als Krähe auf dem First des Kirchendaches wiederfand, startete ich sogleich die ersten Flugversuche. Es ging erstaunlich gut, mir war, als wäre ich schon immer in den Lüften zu Hause gewesen. Gut, vielleicht kamen mir auch meine Pilotenkenntnisse zugute. Hab ich schon erzählt, dass ich in meiner Existenz als Mensch eine kleine Cessna besessen habe? Als Erstes drehte ich eine Runde um den Kirchturm und landete wieder sicher auf dem First. Davon ermutigt, wollte ich sogleich durchstarten, über die Flussauen, hin zum Haus der Schneiders, hin zu der Mörderbande. Da sah ich eiligen Schritts den Schutzmann des Dorfes an der Kirche vorbeimarschieren. Was für eine Chance! Das Auge des Gesetzes! Wie aber sollte ich Fritz, wie er von allen genannt wurde, auf die Mörder aufmerksam machen? Ich stieß mich ab, zischte im Steilflug hinunter und zog dann dicht über den Kopf des Polizisten hinweg. Er stutzte, blieb stehen. Ich nach einer scharfen Kurve ein weiteres Mal knapp an seinem Kopf vorbei, dann hinauf auf die nächste Straßenlaterne. Ich krächzte aufgeregt, flatterte ein Stück Richtung Schneiderhaus, drehte mich um, krächzte erneut, drängend, auffordernd. Der Schutzmann kapierte nicht, was ich wollte, wurde ärgerlich, griff gar nach einem Stein und warf nach mir. So gerade eben konnte ich dem Geschoss ausweichen und erhob mich wieder schimpfend in die Lüfte. Was für ein Ignorant! Dann eben nicht, dann musste ich eben allein los.

Ich flog über die Au, über die Dosse, landete auf dem Schneiderhaus – oder soll ich besser sagen, auf dem Swinger-Klub? Vom Schornstein aus konnte ich beobachten, wie der Müller einen vollen Mehlsack, den er dem Schneider offensichtlich als Präsent mitgebracht hatte, von der Brücke in die Dosse schüttete. Es staubte furchtbar, rasch hatte der Fluss die Mehlladung mit sich genommen. Darauf lief der Müller zurück ins Haus, ich hinunter auf die Terrasse, um durch die Wohnzimmerscheibe zu schauen. Sah, wie der Müller den schlappen Mehlsack der Frau des Schneiders in die Hand drückte. Nun packten die anderen an, hoben meinen geschundenen menschlichen Körper, stopften ihn in den Sack und banden ihn zu. Mir wurde übel, was für ein Schurkenstück! Nicht mal vor meiner toten Hülle hatte man Respekt. Nun legte man meine eingetütete Leiche auf eine hölzerne Karre, schob sie durch das nächtliche Finsterfelde hin zur Pension, trug mich in den »Ewigen Frieden« hinein. Ich flog auf das Dach, bezog Posten auf der Fernsehantenne. Von dort konnte man durchs Badfenster schauen, aus dem nun das Licht aufschien, wenngleich das milchige Glas nur Schemen erkennen ließ, sodass ich manches nur erraten konnte. Doch brauchte man nur wenig Fantasie, um zu erkennen, was dort vor sich ging. Man entkleidete mich, ließ Wasser in die Badewanne und steckte mich hinein. Dann verschwanden der Schneider und seine Frau und auch der Müller mit der Holzkarre.

Keine Viertelstunde später fuhr der Notarztwagen vor. Der Doktor sprang heraus, eilte zur Pension, in der Eingangstür meine Witwe. Wie sie schluchzte, wie sie um mich weinte, wie sie die Hände flehend zum Himmel hob! Dann wies die falsche Schlange dem Doktor den Weg zum Bad. Der Arzt brauchte nicht lange. Am Küchentisch kritzelt er etwas auf den Totenschein, drückte der Witwe noch mal einfühlsam die Hände, fuhr wieder davon. Hätte er »unnatürliche Todesursache« angekreuzt« oder »Todesursache nicht geklärt«, hätte man meine sterbliche Hülle in die Rechtsmedizin gebracht. So aber kam das Beerdigungsinstitut vorgefahren, zwei dickbäuchige Männer, man trug mich in einem rohen Kiefernsarg aus dem Haus. Das war's. Der perfekte Mord. Niemand würde je erfahren, welch schrecklichen Tod ich gestorben bin. Nur mit einem hatten die Verbrecher nicht gerechnet. Mit dem Phänomen der Seelenwanderung.

Sofort wurde ich aktiv. Von Dortmund-Dorstfeld, Tante Dörte und der Nachricht auf dem Sandweg habe ich ja bereits erzählt. Aber auf Tante Dörte allein wollte ich mich nicht verlassen. So flatterte ich weiter über Finsterfelde Patrouille, immer auf Suche nach einer Möglichkeit, meinen Tod zu rächen.

Dabei kam ich auch am Friedhof vorbei, wo ich eine pietätvolle Pause einlegte. Es war eigentümlich, dabei zuzuschauen, wie der alte Totengräber meine Grube aushob. Nicht mit dem Spaten wie früher, sondern mit so einem schmalen Spezialbagger rückte er der Erde zu Leibe. Mir wurde wehmütig ums Herz, als würde ich erst jetzt begreifen, wie endgültig mein Schicksal war. Als der Totengräber wieder verschwand, konnte ich es mir nicht verkneifen, am Rand des dunklen Lochs zu landen und in die frische Grube hinabzublicken. Unten ringelte sich ein fetter Regenwurm. Du sollst mich nicht fressen, dachte ich in einem Anflug von Zorn, packte ihn mit dem Schnabel und drehte den Spieß um. Nie im Leben hätte ich geglaubt, wie gut ein Wurm schmecken kann.

Ja, der Zorn! Ich kann nicht leugnen, dass ich mich von meiner Wut hinreißen ließ. Wo ich konnte, versuchte ich dem Mörderpack eins auszuwischen. Vor allem natürlich meiner Witwe, meiner guten Klot-

hilde. Als sie die weiße Wäsche im Garten aufhing, habe ich mich mit Kirschen vollgefressen und mich zur Verdauung genüsslich auf der Wäscheleine niedergelassen. Der lieben Frau Schneiderin habe ich gehörig die Salatköpfe zerrupft, ihrem Mann, dem Sexmonster, seine Lieblingsschere gemopst und in der Dosse versenkt. Solche Sachen eben, Kleinigkeiten nur, die mir aber eine stille Genugtuung bereiteten. Für den Müller hatte ich mir was Besonderes ausgedacht. Bin in sein Lagerhaus gehüpft und habe in den unteren Teil der Mehlsäcke kleine Löcher hineingehackt. Er wird sich schön wundern, wie die Dinger beim Transport immer leichter werden.

Mein wichtigstes Ziel aber war es, darauf zu achten, ob die Mörder Fehler machten. Sie waren ja keine Profis im Abmurksen von Zeugen ihrer wüsten Sexgelage, deshalb war davon auszugehen, dass sich ihr Gewissen rühren würde. Oh ja! Nach wie vor glaubte ich an dessen Existenz, hielt innig an dem Glauben fest, denn niemand überführt einen Mörder besser als sein schlechtes Gewissen. Woher ich das weiß? Habe immer gerne Fontane gelesen. Was weniger bekannt ist, vier Krimis hat Fontane geschrieben. Bei allen ist es kein Kommissar, der den Täter überführt, sondern eine völlig andere Institution: das schlechte Gewissen des Mörders. Sein Grübeln über die Tat, die aufkommenden Albträume, die aufsteigende Nervosität und Reizbarkeit, all das lässt ihn unsicher und unvorsichtig werden. Ist es schon schwer, einen Mord zu begehen, so ist es noch schwerer, mit der Tat zu leben. Das war meine Chance. Deshalb ruhte ich keine Sekunde und versuchte, auf meinen Dreiecksflügen die Schneiders, den Müller und vor allem meine Witwe nicht aus dem Auge zu lassen. Ich lob mich ja ungern selbst, aber ich muss sagen, ich hatte den richtigen Riecher.

Noch am Abend, der auf die Nacht meines Todes folgte, sollte ich eine verdächtige Beobachtung machen. Die Sonne war gerade untergegangen. Vom Apfelbaum aus, unter dem die Hühner und der tumpe Hahn herumpickten, blickte ich in die Stube hinein. Was ich sah, widerte mich an. Meine gute Witwe hatte die Glotze angeschaltet und schaute sich allen Ernstes einen dieser albernen Heinz-Erhardt-Filme an. Dabei hieb sie sich immer wieder übermütig auf die Schenkel und wischte sich die Lachtränen aus den Augen. Exakt einen Tag, nachdem sie sich zusammen mit den drei anderen Mitgliedern ihres illegalen Swinger-Klubs nackt auf mich gesetzt und mich erstickt hatte, saß meine Frau und Mörderin feixend vor der Glotze. Der Anblick war zu viel für mich, um ein Haar wäre ich davongeflogen, da sah ich sie auf die Uhr schauen, plötzlich ging eine Veränderung mit ihr vor. Sie sprang auf und eilte aus dem Zimmer. Ich in schnellem Flug um das Haus herum, wollte sehen, wo sie hin war. Aus dem Kellerschacht flammte Licht auf, kurz darauf kam sie zurück, setzte sich in die Küche und legte *einen kleinen Goldbarren auf den Tisch, den sie mit einem Tuch von Sauerkrautresten befreite. Ich hielt den Atem an. Einer meiner Goldbarren! Wie war sie auf das Versteck gekommen? Woher wusste sie, dass ich eine Geheimration tief unten im Fass versteckt hatte? Für alle Fälle, um finanziell unabhängig zu sein, hatte ich dort einen kleinen Schatz deponiert. Das ist mir wichtig gewesen, das hatte ich als Banker gelernt. Nicht alles offenlegen, flexibel bleiben, diversifizieren. Doch nun musste ich miterleben, wie sich meine Mörderin an dem Golde erfreute! Nachdem sie das letzte Sauerkrautfädchen weggewischt hatte, steckte sie den Barren in ihre Handtasche, zog den Mantel über, löschte das Licht und trat vor die Tür. Dann setzte sie sich – ich bekomme jetzt noch Magenschmerzen, wenn ich daran denke – in meinen schönen Käfer, verkuppelte sich grauenvoll und knatterte dann mit einem Affenzahn Richtung Dorf davon. Ich mit Mühe hinterher. Sie hielt neben der Schule, stieg aus, sah sich um, als ob sie sich vergewissern wollte, dass sie niemand bemerkte, und schellte dann bei der Lehrerwohnung.*

Den Lehrer von Finsterfelde kannte ich gut, leider, leider, fast möchte ich sagen, viel zu gut. Nicht nur, dass er meine Jungs traktiert hat, sodass sie aufs Internat mussten, er traktiert auch die Orgel der Dorfkirche. Ich bin durchaus ein Freund des gepflegten Orgelspiels, Johann Sebastian Bach ist mein Lieblingskomponist, und auch für Buxtehude habe ich eine Schwäche. Was aber der alte Lämpel da in die Tasten haut, hat mit Kunst nichts zu tun. Kann sein, dass auch die schwachbrüstige Orgel von Finsterfelde an den Misstönen schuld ist, Lehrer Lämpel aber tut alles, die Qual der Zuhörer zu vergrößern. Einmal und nie wieder. Dabei hält er sich selbst für den größten Organisten aller Zeiten, gibt ständig Konzerte, angeblich, um für die Renovierung seiner Orgel zu sammeln. Geschenkt. Was aber suchte meine Witwe bei ihm? Wollte sie mit ihm die Lieder für meine Beerdigungsfeier aussuchen? Warum aber mitten in der dunklen Nacht? Und warum mit einem Goldbarren in der Tasche? War das nicht ein wenig viel für drei Strophen von »O Welt ich muss dich lassen«?

Ich wurde immer misstrauischer und flog auf einen Johannisbeerstrauch gleich vor dem beleuchteten Zimmer der Lehrerwohnung. Lehrer Lämpel geleitete meine Mörderin in die Stube und ließ sie Platz nehmen. Sie schien sich nicht lange mit der Vorrede aufhalten zu wollen, griff in ihre Handtasche, zog meinen Goldbarren hervor und legte ihn vor Lämpel auf den Tisch. Der Lehrer bekam große Augen. Vorsichtig nahm er den Barren, wog ihn in den Händen. Klothilde redete auf ihn ein. Er hörte sich alles an, ohne den Goldbarren aus den Händen zu legen, er machte ein skeptisches Gesicht, er wiegte sein Köpfchen, es schien ihm noch nicht zu reichen. Da seufzte sie, atmete tief durch und ich meinte, ein

»Na gut!« von ihren Lippen abzulesen. Nun begann sie damit, langsam ihre Bluse aufzuknöpfen, dann – o Schauder! – nahm sie seinen Kopf und drückte ihn zwischen ihre Brüste, worauf sie ihm hingebungsvoll die Glatze streichelte. Als er auftauchte, wiegt er immer noch bedenklich sein nun stark erhitztes Köpfchen, das Gold in seinen Händen aber schien schwerer zu wiegen als seine Bedenken. Er ging zu seinem Sekretär, holt Papier und Tintenfass hervor, setzte sich wieder zu ihr. Meine saubere Witwe zog einen Brief aus der Tasche, faltete ihn auseinander und legte ihn vor Lämpels Nase.

Als Mensch hätte ich wohl nicht erkannt, um welches Schreiben es sich handelte, Krähenaugen aber sind von besonderer Schärfe. Ich fiel fast vom Ast, als ich den Brief sah, es war der erste und einzige Liebesbrief aus meiner Feder. Jawohl, lachen Sie nur! Ich hatte Klothilde tatsächlich einen Liebesbrief geschrieben, ganz zu Beginn unserer Beziehung, so blind war ich gewesen. Dass sie sich nicht schämte, wildfremden Menschen dieses intime Schreiben zu zeigen! Was sollte das? Sollte sich der alte Lämpel darüber amüsieren? Über die Art, wie ich ihr Näschen lobte? Wie ich die anmutige Weise beschrieb, mit der sie sich ihre entzückende Schleife vor die Stirn band? Wie ich über den verschleierten Blick ihrer Augen in Entzückung geriet, ihn gar als exotisch lobte? All meine Herzensergüsse, sie lagen nun nackt vor den Augen dieses Idioten! Zu allem Überfluss studierte *er nun auch noch mein selbstverfasstes Gedicht, mit dem ich den Brief abschließe, wie peinlich war das! Ich sah es genau, Lämpel begann, meine Liebesverse abzuschreiben:*

Noch darf ich von dir nur träumen,
in traurigen Nächten, einsam und fern,
Doch werd ich nimmer versäumen
Dein Bild zu küssen, meinen Stern.

Ja, ja, Sie haben recht, es gibt bessere Lyrik, ja, das Ganze ist kitschig und daneben. Aber es war doch im Herzen tief empfunden, damals, als mich die Liebe blind gemacht hat, und darum hat niemand das Recht, sich darüber zu amüsieren oder es für freche Zwecke abzuschreiben. – Ich stutzte. Die Witwe zog die Nase kraus und schüttelte den Kopf. Jetzt musste er es ein weiteres Mal abschreiben. Was zum Teufel hatte das zu bedeuten? Die Witwe aber schien auch mit dem zweiten Versuch unzufrieden, ein drittes Blatt musste herhalten. Endlich nickte sie, war einverstanden. Doch was war das? Statt die Abschrift sorgsam aufzubewahren, zerknüllte Lämpel das Blatt achtlos, warf es in den Papierkorb. Nun legte er ein neues weißes Papier vor sich und sah Klothilde an, die die Augen schloss und zu diktieren begann: »Testament …«

Das also war der Zweck der Übung! Sie fälschten mein Testament. Welch ungeheures Schurkenstück! Mein Tod hatte Klothilde nicht gereicht, jetzt wollte sie auch noch an mein Erbe. All die wertvollen Geschenke, der goldene Ring, die Diamantenohrringe, sie reichten ihr nicht. Das gierige Weib wollte alles haben! Mit ohnmächtiger Wut schaute ich zu, was der Schurke niederschrieb. Was ich da lesen musste, ließ mir die Federn zu Berge stehen. »Hiermit erkläre ich, Erwin Bolte, meine Witwe, Frau Klothilde Bolte, zur Alleinerbin meines kompletten Vermögens. Alle meine Immobilien, mein Aktienbesitz, mein Gold und alles Übrige sollen nach meinem Ableben ihr gehören. Meine Söhne aus erster Ehe, Max und Moritz Bolte, erkläre ich wegen erbunwürdigen Verhaltens als enterbt. Und mit meinem einst mündlich aus einer momentanen Laune heraus meiner Schwippcousine Dörte versprochenen VW-Käfer-Cabrio soll für immer und ewig meine treue Frau Klothilde durch das schöne Finsterfelde brausen …« Täuschte ich mich oder griff Klothilde jetzt tatsächlich zum Taschentuch? Jawohl, sie schnäuzte sich ganz unverkennbar, war gerührt von ihren eigenen Lügen! Schluchzend diktierte sie weiter: »Klothilde ist die Einzige, die ich jemals geliebt habe. Möge ihr mein Vermögen ein kleiner Trost in ihren einsamen Nächten sein. Finsterfelde, der 20. April, Erwin Bolte.«

Nun ließ sie sich das Testament zeigen, schien aber noch nicht ganz zufrieden. Sie verglich es mit meinem Liebesbrief, strich auf dem Testament herum. Insbesondere mit den tiefen Schwingungen bei den Buchstaben »g« und »f« haderte sie. Der Entwurf landete zerknüllt im Papierkorb, wenig später folgte ein zweiter, dann ein dritter. Erst die vierte Version fand ihr Gefallen. Sie faltete ihn sorgfältig, steckte ihn in ein Kuvert und schob Lämpel den Goldbarren zu. Dann knöpfte sie sich die Bluse zu, verabschiedete sich mit einem vergnügten Wangenkuss und verließ das Haus.

Sie können sich vorstellen, wie es in mir aussah! Sämtliche Federn sträubten sich mir. Die Wut, die mich antrieb, jetzt spürte ich, wie sie den Turbo zündete. Diese Verbrecherin! Niemals durfte sie mit ihren gemeinen Ränken durchkommen. Sich einen schönen Lebensabend zu machen auf meine Kosten! Und sich dann noch über mich lustig zu machen, mir Worte in den Mund zu legen, bei denen ich das Würgen bekomme: »Klothilde ist die Einzige, die ich jemals geliebt habe!« – Klothilde ist die Einzige, der ich jemals den Hals umdrehen möchte! Oh, wie falsch ist diese Welt, wie falsch dieses Weib! Was habe ich ihr getan, dass sie so auf mir herumtritt? Gut, ich bin ihr nachts hinterhergeschlichen, aber doch nur, weil ich einen begründeten Verdacht hatte. Hätte sie mich nicht einfach laufen lassen können, nachdem sie mich vor dem Fenster ihrer Swingerhölle hat stehen sehen? Dann aber hätte sie meinem Vermögen auf immer Bye-bye sagen müssen, sie hätte sich weiter mit ihrer kümmerlichen Frühstückspension durchschlagen müssen. Diese Vorstellung war ihr offenbar zu furchtbar erschienen. So hat sie mich gemeuchelt und mein Testament gefälscht. Auf Kosten meiner geliebten Söhne! Oh, Max und Moritz, wie schrecklich habe ich mich getäuscht! Statt euch hätte ich die falsche Schlange zum Teufel jagen sollen. Wie bin ich auf ihre Einflüsterungen hereingefallen, auf das Urteil dieses käuflichen Lehrerleins. Euch in ein Internat für Schwererziehbare zu stecken! Wenn einer schwer erziehbar ist, dann dieses Mörderpack und ganz vorne weg dieses Schulmeisterchen! Max und Moritz, vergebt mir! Ich will alles tun, damit ihr an euer rechtmäßiges Erbe kommt. Nichts, nichts soll eure Stiefmutter kriegen. Im Knast soll sie verfaulen, mitsamt der übrigen Mörderbrut!

Das waren meine Gedanken in der Nacht, als das Testament gefälscht worden ist. Dann kam der Tag meiner Beerdigung. Was für ein scheußlicher Moment, als morgens in der Früh der Postbus an der Dorfkirche von Finsterfelde hielt und ich zusehen musste, wie meine Jungs ausstiegen. Mit hängenden Schultern, über denen die Rucksäcke baumelten, trotteten sie den Weg hinauf zur Pension, ich hoch am Himmel hinter ihnen her. Sie können sich nicht vorstellen, wie meine liebe Witwe die beiden empfangen hat! Statt sie warmherzig zu umarmen, statt ihr Leid zu teilen, in der gemeinsamen Trauer Trost zu finden, hat sie sie barsch angeblafft, gefälligst ihre dreckigen Turnschuhe am Eingang auszuziehen.

Wie gerne wäre ich dazwischengegangen, wie gerne hätte ich meine Jungen in die Arme genom-

men. Warum hab ich das zu Lebzeiten so oft unterlassen, warum habe ich ständig an ihnen herumkritisiert, sie für dieses und jenes getadelt? Dafür, dass sie nur ans Zocken denken, dafür, dass sie mit dem Fußball an die Hauswand gekickt haben. Sind doch alles nur lässliche Kleinigkeiten gewesen, sie hatten doch immer ihr gutes Herz bewiesen. Bin ich zu beschäftigt mit mir selbst gewesen? Habe ich mich nur selbst betrauert, mein schicksalhaftes Leid, so früh als Witwer leben zu müssen? Hatte ich keinen Blick, kein Herz für meine Jungs gehabt, für das Elend, was sie verspürt haben mussten? Oh könnte ich die Zeit doch noch einmal zurückdrehen. Alles würde ich anders machen, alles. Doch nun, wo mein Körper in der Aussegnungshalle liegt, in einem Sarg der Marke Billigheimer, wo ich nur noch als traurige Krähe herumflattern kann, ist es zu spät, viel zu spät.

Doch tadeln Sie mich erneut, tadeln mich zu Recht. Ich wollte Ihnen doch berichten, wie ich zum Spitz geworden bin und nun breite ich mein kümmerliches Leben vor Ihnen aus. Vielleicht erzähle ich Ihnen das alles auch nur, damit Sie verstehen, warum ich nicht in veredelter menschlicher Form wiedergeboren bin, als Brad Pitt zum Beispiel oder meinetwegen auch als Florian Silbereisen. Zu deutlich wird doch nur: Ich habe als Mensch versagt. Nicht als Banker, da bin ich überaus erfolgreich gewesen, auch ohne Geschäfte mit Luxemburg, Malta oder anderen Steuerparadiesen zu machen, ohne Cum-Ex-

Deals oder andere Betrügereien. Als Vater aber, als Familienmensch habe ich versagt. Wenn zwei Jungs in ein Heim für Schwererziehbare müssen, wer trägt dann die Schuld? Eben. Allein dafür hatte ich den Abstieg zur Krähe verdient, ich hätte mich nicht mal beschweren dürfen, wenn ich plötzlich als Heuschrecke herumgehüpft wäre. Oder sind Heuschrecken für verstorbene Hedgefondsmanager reserviert?

Gegen Mittag gingen die Glocken, Finsterfelde trat zur Beerdigung an. Natürlich durfte ich dabei nicht fehlen, also in gefiederter Form. Wer hat schon das Vergnügen, bei seinem eigenen Begräbnis zuschauen zu können? Aus allen Hütten strömten die Menschen, ich hätte nie geglaubt, dass in Finsterfelde so viele Menschen wohnten. Wo versteckten sie sich an anderen Tagen? Alle trugen sie schwarz, selbst der Schurke von Müller, der sich ja gewöhnlich in unschuldiges Weiß kleidet. Lehrer Lämpel war schon vorausgeeilt, im Sonntagsstaat mit fliegenden Rockschößen. Besaß auch die Friedhofskapelle eine Orgel? Auch Gastwirt Wolke erkannte ich, der schon alles für den Trauerschmaus vorbereitet hatte, ihm folgte das miese Schneiderpärchen, die sexgeilen Miststücke. Sie waren mit Abstand die Schicksten, Kunststück, verstanden sie doch am meisten von Mode. Wie ich den wackelnden Hintern der Schneiderin betrachtete, stiegen unangenehme Erinnerungen in mir auf, und mir wurde übel. Am liebsten hätte ich ein reinigendes Bad genommen. Schwarz, überall Schwarz. Das leuchtendste Schwarz von allen aber trug eindeutig meine Witwe. Junge, Junge, hatte sich Klothilde in Schale geworfen! Das Kostüm im gewagtesten Kurvenschnitt, dunkle Strumpfhosen mit sexy Nähten an den Waden, lackspiegelnde Pumps, eine schwarz glänzende Plastiknelke im Ausschnitt. Und dann der Hut! Ein Ungetüm von Wagenradgröße, von dem ein dicht gewirkter Vorhang vor ihre Augen fiel, damit niemand, aber auch niemand ihre Freudentränen sah.

In deutlichem Abstand folgten meine beiden Jungs. Sie waren die Einzigen, die nicht in Trauerkleidung gekommen waren, trugen ihre Schlabberjeans auf halb acht und ihre Schirmmützen verkehrt herum, was ich ihnen in keiner Weise übel nahm, sah ich doch in ihr Herz hinein: Ihr scheuer Blick verriet, was in ihnen vorging und wie sie um mich trauerten. Und das, wo ich ihnen ein solch schlechter Vater gewesen bin. Und noch etwas berührte mich tief, ein Detail nur, aber eines, das Bände sprach, ein letzter Gruß, der nicht herzlicher hätte sein können: ihre Schuhe! Sie hatten tatsächlich ihre Sneaker angezogen, die verrückten Turnschuhe, die sie sich vor zwei Jahren zum Weihnachtsfest gewünscht hatten. Damals hatte ich nur den Kopf über den verrückten Wunsch geschüttelt. Für läppische Turnschuhe, darüber hinaus auch noch für ausgesprochen hässliche, pro Paar über 1.000 Euro auf den Tisch zu legen, was für ein Wahnsinn! Meine erste Reaktion war, den Quatsch nicht zu unterstützen. Nur wegen Dörte habe ich mich weichklopfen lassen. Dörte hat gemeint, das Christkind soll nicht nach den Gründen der Wünsche fragen, also habe ich die Schuhe übers Internet bestellt. Allein deren Namen ließ mich schaudern: »Nike Mags« ging ja noch, die hatte sich Max gewünscht, aber »Eminem x Carhartt x Nike Air Jordan 4«? Beide Paare waren signiert, die von Max von einem Rapper namens Tinie Tempah, die von Moritz von diesem Eminem, Sie wissen schon, einer dieser furchtbaren Stakkato-Reimer, deren Lieder sich alle gleich anhören und dessen Texte man unmöglich ins Deutsche übersetzen kann. Wie gesagt, mir war es schade um das liebe Geld. Schnell aber habe ich Abbitte leisten müssen, ja, es ist einer der wenigen Momente gewesen, in denen ich Respekt vor meinen Söhnen empfand. Die Schuhe nämlich erwiesen sich als seltene Sammlerstücke, als echte Wertanlage. Sage und schreibe 2.000 Prozent Wertsteigerung in nur zwei Jahren. Bei welcher Geldanlage können Sie eine solche Rendite erzielen? Natürlich wurden sie von meinen Jungs nie getragen, sondern als Schätze sorgsam gehütet. Wie Reliquien standen sie auf einem Extraregal über ihren Betten, unter den Postern dieser zwielichtigen Rappergestalten. Sie können sich vorstellen, wie mir die Krähentränen kamen, als ich meine lieben Söhne nun mit den Sneakern sah. Mir zuliebe! Nur mir zuliebe hatten sie die Sneaker angezogen! Als letzten, großen Liebesbeweis.

Alle waren sie nun in der Friedhofskapelle verschwunden, ganz Finsterfelde, zum Schluss schlüpfte der Bäcker hinein, gefolgt von Bauer Mecke mit seinem kecken Schlapphut, dann schloss sich die Tür, und die Orgel begann zu spielen, schief und falsch, unverkennbar von Lehrer Lämpel gequält. Ich kann nicht sagen, traurig gewesen zu sein, die Trauerfeier nicht miterlebt zu haben. Zugeben, interessiert hätte es mich schon, ob der Spruch zutrifft, dass nirgendwo so viel gelogen wird wie vor einer Wahl und bei einer Beerdigungsrede. Ich wartete auf dem First des Kapellendaches und erwehrte mich mühsam der Avancen eines Krähenweibleins, das sich offensichtlich dringend einen Mann wünschte. Ohne mich! Darauf fiel ich nicht mehr herein. Wenn ich eines gelernt hatte, dann bei der Partnerwahl vorsichtig zu sein.

Als die Trauerfeier zu Ende ging und der Sarg herausgetragen wurde, flatterte ich weiter und setzte mich auf einen der hohen Lebensbäume, von dem aus man die Grube besser beobachten konnte. Der Pastor sprach ein paar Trauerformeln am Grab, dann senkte man mich hinab. Ade, du leere Hülle! Ich kann nicht sagen, dass ich besonders stolz auf dich gewesen bin. Ein Adonis bin ich nicht gewesen, und die sitzende Tätigkeit, die mein Beruf mit sich brachte, hatte nicht dazu geführt, einen Athleten aus mir zu formen. Dennoch, eine leise Wehmut befiel mich schon, als man damit begann, Erde auf mich hinabzuwerfen. Nun, was soll's, das Leben ging wei-

ter, wenngleich auf eine Weise, die ich damals nicht vermutet hätte. Meine Jungs traten als Letzte zum Grab, warfen mir aber keine Erde hinterher, wofür ich ihnen dankbar war. Still blieben sie am Rand der Grube stehen. Sie haben auf ihre eigene Weise Abschied genommen.

Krächzend flog ich davon. Ich hatte genug gesehen. Ich setzte mich auf die Regenrinne der Dorfkirche und zermarterte mir mein Krähenhirn. Meine einzige Hoffnung war Tante Dörte! Hoffentlich stutzte sie beim Gang in den Garten, hoffentlich fiel ihr meine Botschaft auf, hoffentlich reagierte sie bald, hoffentlich alarmierte sie Karl-Dieter und seinen Freund Mütze, mich wieder auszubuddeln. Mein Körper, er war der einzige Zeuge, nur er konnte beweisen, was man an mir verbrochen hatte. Jeder einigermaßen fähige Rechtsmediziner würde Spuren für das Verbrechen finden. Dass ich erstickt worden und nicht einem Herzinfarkt erlegen bin, war ruckzuck herausgefunden. Und selbst wenn man mich in die Badewanne gesteckt hatte, DNA-Spuren würden weiter an mir haften, besonders von der Schneiderin, man musste nur meine Bartstoppeln untersuchen oder meine Mundwinkel nach einem weiblichen Schamhaar. Aber auch von den anderen Mördern würde man Genmaterial sichern können, zumindest an meinen Händen und auch am Bauch, ist mir doch bei der Mordaktion, bevor man mich kollektiv erdrückt und erstickt hat, das Hemd hochgerutscht. Heute reicht ja schon eine Hautschuppe und der Mörder sitzt in der Zelle.

Was aber, wenn Tante Dörte nichts bemerkt? Wenn sie achtlos über den Gartenweg läuft und meine Botschaft unabsichtlich mit der Harke zerstört? Wenn sie nicht mit Karl-Dieter spricht, ihrem Lieblingsneffen? Wenn Karl-Dieter nicht mit seinem Freund, dem Kommissar, dem scharfen Hund, der jetzt in Erlangen ermittelt, nach Finsterfelde reist?

Solche Zweifel empfindend, kam mir eine neue Idee. Rasch flatterte ich auf. Wenn nicht jetzt, wann dann? Die Gelegenheit war einmalig, das ganze Dorf war noch auf dem Friedhof versammelt. Gleich neben der Dorfkirche stand das Haus des Schulmeisters. Ich hatte Glück, unwahrscheinliches Glück. Wohl, weil es so heiß war, hatte Lämpel das Fenster zu seiner Stube angekippt. Ich landete auf dem Fensterrand und zwängte mich ins Zimmer hinein. Dann flatterte ich auf den Rand des Papierkorbs – und siehe da, das Glück blieb mir treu. Ich brauchte nicht lange zu rascheln, dann hatte ich gefunden, wonach ich suchte. Nur gut, dass meine Alte mit den ersten Testamentsentwürfen unzufrieden gewesen ist und diese im Abfall gelandet sind. Mit einem der Zettel im Schnabel flog ich durch die Fensterritze hinaus ins Freie. Max und Moritz, ich werde um euer Erbe kämpfen! Die nächste Aktion war schon schwieriger. Nachdem ich den Zettel vorläufig auf dem Dachboden der Dorfkirche versteckt hatte, flatterte ich ein zweites Mal in die Stube des Lehrers. Auf dem Tisch stand das Tintenfass. Ich zog ein weißes Blatt Papier herbei, tauchte meinen Schnabel in die Tinte – brrr …– und schrieb mühsam eine Nachricht auf das Blatt. Soweit war alles nach Plan verlaufen, doch dann fiel mein Blick blöderweise auf das Beistelltischchen mit der hübschen Karaffe und das noch gut gefüllte Glas darauf. Was soll ich sagen? Das Unglück nahm seinen Lauf. Um den abscheulichen Tintengeschmack vom Schnabel zu bekommen, beschloss ich, mir einen Schluck zu genehmigen.

Jetzt aber naht sich das Malheur
Denn dies Getränke ist Likör.

Es duftet süß. – Ich Dummerlein
Taucht meinen Schnabel froh hinein.

Und lass mit stillvergnügten Sinnen
Den ersten Schluck hinunterrinnen.

Nicht übel! Und schon taucht ich wieder
Den Schnabel in die Tiefe nieder.

Ich heb das Glas und schlürf den Rest,
Und trinke auf das Trauerfest.

Ei, ei! mir wird so wunderlich,
So leicht und so absunderlich!

Ich krächz mit freudigem Getön
Und muss auf einem Beine stehn.

Der Vogel, welcher sonsten fleucht
Wird hier zu einem Tier, was kreucht.

Und Übermut kommt zum Beschluss,
der alles ruinieren muss.

In diesem Moment hörte ich trotz meines Suffs, wie jemand die Haustür aufsperrte. Verdammt! War der Leichenschmaus denn schon vorbei? Lehrer Lämpel kehrte zurück! Augenblicklich war ich stocknüchtern.

Wo war der von mir beschriebene Zettel? Rasch packte ich ihn mir und wollte zum Fenster hinaus, allein, mein Flug war unsicher geworden. Warum wackelte der Spalt so dumm hin und her, warum knallte ich ständig gegen die Scheibe? Da wurde die Zimmertür aufgerissen, ein Schrei ertönte. Mist, nichts wie raus! Statt es erneut am Fenster zu versuchen, flog ich über den Kopf des erschrockenen Lehrers hinweg zur Tür aus dem Haus hinaus. Uff! Gerade noch mal gut gegangen!

Entschuldigung! Ich bin sonst nicht so geschwätzig. Ich schulde Ihnen doch immer noch den Grund, warum ich nun als Spitz an der Leine hänge. Vielleicht zögere ich die Geschichte deshalb so lange hinaus, weil sie eine so traurige ist. Die Trauer gilt dabei nicht mir, nicht in erster Linie zumindest, das müssen Sie mir bitte glauben! Die Trauer gilt meinen geliebten Kindern, gilt Max und Moritz. Wie konnte ich sie nur in die Sache hineinziehen, in meinen Rachefeldzug? Gewiss, es ist mir um ihr Wohl gegangen, um ihr wohlverdientes Erbe. Ich hätte aber einen anderen Weg wählen müssen, hätte die Zettel zu Tante Dörte fliegen sollen, wenngleich es äußerst mühsam gewesen wäre, die weite Strecke in den Ruhrpott mit zwei Zetteln im Schnabel zurückzulegen. Was aber hilft das Räsonieren? Hätte, hätte, Schädelstätte! Erst einmal beschloss ich, meinen Rausch auszuschlafen, oben auf dem Dachboden der Kirche, die beiden Zettel fest in meinen Krallen.

Wie ich wieder erwachte, dämmerte es bereits. Mein

Kopf dröhnte. Verdammter Fusel! Als Mensch hatte ich keinen solchen Schädel gehabt. Doch darauf konnte ich keine Rücksicht nehmen, hatte schon zu viel Zeit verloren. Mein Plan musste unverzüglich umgesetzt werden. So flog ich los, die beiden Zettel im Schnabel, aus dem Schallloch des Kirchturms hinaus über das abendliche Dorf. Aus dem »Großen Kurfürst« drang noch fröhliches Gelächter, man feierte meinen Tod, wie das so zu gehen pflegt. Ich war den Menschen nicht böse, zumindest nicht denen, die den wahren Grund meines so frühzeitigen Abscheidens nicht kannten. Hatte nicht auch ich schon nach mancher Beerdigung fröhlich gezecht? Das Leben, es ging weiter, wenigstens für all die, die nicht in die Kiste mussten. War das kein Grund zum Feiern?

Ich flog weiter, flog über den Friedhof, flog zur Pension. Wie ich es vermutet hatte, Klothilde hatte die beiden Jungs in der Dachstube untergebracht, dem kleinsten und hässlichsten Zimmer des Hauses. In diesem Falle aber hielt sich mein Ärger in Grenzen, ist es doch vom Dach wesentlich leichter, die Zettel ins Zimmer fallen zu lassen.

Wer beschreibt die Rührung, die ich empfand, als ich meine Jungs weinend in den Betten sah? Während der Beerdigung hatten sie sich zusammengerissen, hatten trotzig gegen die Tränen gekämpft. Niemand, erst recht nicht ihre falsche Stiefmutter, sollte erkennen, was in ihnen vorging. Nun aber, wo sie allein waren, ließen sie ihrer Trauer freien Lauf. Auch Moritz, der härtere der beiden, der sonst nichts rauslässt, auch er schluchzte zum Steinerweichen. Die Haartolle völlig derangiert, die blassen Wangen voll roter Empörung, lief es in Strömen aus Augen und Nase. Auch Max' sympathisch rundes Gesicht war ein einziges Tränenmeer, sein Körper wurde von Zuckungen gepeinigt. Heftig rang er nach Luft, dann schüttelte es ihn wieder und er vergrub sich im Kissen. – »Weint nicht um mich«, wollte ich ihnen zurufen, »weint um die Schlechtigkeit dieser Welt. Und dann wischt trotzig die Tränen ab und fangt an, diese Welt besser zu machen. Als Erstes sollt ihr das Verbrechen an eurem Vater rächen und sodann euer Erbe als gerechten Lohn erhalten!«

Schwupps ließ ich den ersten Zettel durch das Fenster ins Zimmer gleiten, den Zettel, den ich mühsam mit Tinte beschriftet hatte. Max bemerkte ihn zuerst, sah zu, wie er zu Boden tanzte, dann starrte er verblüfft zu mir hinauf, rief seinen Bruder. Auch Moritz erhob sich, rieb sich über die verheulten Augen und starrte abwechselnd auf mich und auf den Zettel, den sich Max nun schnappte, um ihn zu lesen:

»Meine lieben Kinder, was ich schreibe, fällt mir nicht leicht. Es ist auch nicht leicht zu verstehen, ich bin tot, lebe aber in veränderter Form weiter. Egal. Wichtig für euch ist nur, ich bin nicht am Herzinfarkt gestorben, ich bin ermordet worden. Geht zu Fritz, dem Dorfpolizisten. Doch zeigt ihm dieses Schreiben bes-

ser nicht, er wird es nicht verstehen. Zeigt ihm aber den Zettel, der gleich zu euch hereinschwebt. Es ist ein Testament, doch nicht aus meiner Hand, sondern aus der Hand eures Lehrers. Es ist der Entwurf für eine Fälschung. Mit dem Entwurf und den Fingerabdrücken darauf wird man eure falsche Stiefmutter überführen. Man wird mich exhumieren und meine Mörder festnehmen. Macht es gut! Ich weiß, ihr habt die Turnschuhe nur für mich angezogen, ich danke euch dafür. Für immer, euer euch liebender Vater, der heute so viel anders machen würde, wenn er denn könnte.«

Als die beiden wie auf ein geheimes Zeichen zu mir aufsahen, war ich schon wieder davongeflogen. Ins Zimmer aber tanzte ein weiterer Zettel.

ACHTUNDZWANZIGSTES KAPITEL

»Schau, wer da kommt!«

Kauend deutete Mütze auf den unteren Rand der Wiese, wo ein hüpfender weißer Fleck zu sehen war, der schnell größer wurde.

»Ich werd nich mehr, der Spitz!«

Karl-Dieter bekam leuchtende Augen. Er hatte den Hund längst ins Herz geschlossen.

»Findest du nicht, dass er Augen hat wie ein Mensch?«

»Mensch, Knuffi! Welches Tierchen hat für dich keine menschlichen Züge?«

Dann war der Spitz bei ihnen. Er war so schnell gerannt, dass er völlig außer Atem war. Mit letzter Kraft legt er seine Vorderpfoten auf Karl-Dieters Knie und ließ sich streicheln. Dann aber sprang er wieder auf seine vier Füße, machte kurz »Rawau!« und sah sie aufmunternd an. Dieses Mal verstand Karl-Dieter ihn sofort.

»Er hat wieder was für uns!«

»Er will wieder sein Herrchen ausbuddeln.« Mützes Gesicht war mehr als skeptisch.

»Und wenn es dieses Mal etwas anderes ist?«

»Mensch, Knuffi! Was soll er uns denn schon zeigen?«

»Schau«, sagte Karl-Dieter, »er hat extra seine Leine durchgebissen.«

»Und wenn schon, ich bleib hier sitzen und trinke in Ruhe meinen Wein. Prost!«

NEUNUNDZWANZIGSTES KAPITEL

Rawau, Mütze! Sei nicht so ignorant! Glaubst du wirklich, du seist ein guter Ermittler? Glaubst du wirklich, niemand könne es mit deinem Scharfsinn aufnehmen? Was bist du nur für ein Holzkopf! Glaub mir, Karl-Dieter ist zwar nur Kulissenbauer, dafür aber hat er den wesentlich besseren Instinkt. Wie wollt ihr den Fall denn lösen, wenn nicht mit meiner Hilfe? Ich will nicht zum Grab, keine Sorge, ich will meine Leiche nicht mehr ausbuddeln, die Hoffnung hab ich aufgegeben. Es kommt doch nur wieder Lehrer Lämpel um die Ecke und wirft mich über die Mauer. Ich hab ganz was anderes vor, will ganz woanders mit euch hin, rawau! Nun kommt schon, erhebt euch, glaubt ihr, wir haben ewig Zeit? Bald wird die Witwe mein Fehlen bemerken und mich suchen. Wehe mir! Dann bekomme ich die nächste Tracht Prügel, und wenn ich die überlebe, eine Leine aus Eisen verpasst. Dann aber gibt es keine Chance mehr, mit euch gemeinsam die Wahrheit ans Licht zu bringen, rawau!

DREISSIGSTES KAPITEL

Fluchend stapfte Mütze den beiden hinterher. Karl-Dieter und der Hund hatten bereits einen hübschen Vorsprung. Mütze schüttelte verärgert den Kopf. Hoffentlich würde niemand jemals von der ganzen Geschichte erfahren. Er machte sich zum Gespött der Leute. Ein Kommissar, der nicht nur auf das Geschreibsel einer Krähe auf einen Gartenweg in Dortmund-Dorstfeld hereinfiel, sondern zudem noch auf das Gebell eines Köters, war der nicht reif für die Klapse? Wer weiß, zu welch verrücktem Ort der Spitz sie dieses Mal hinführte! Vielleicht zur Wohnung eines Eichhörnchens oder zum Schlachthof?

Offensichtlich ging es nicht zum Dorf zurück. Stattdessen schlug der Spitz einen weiten Bogen. Sie kamen durch ein kleines Waldstück und dann über eine Wiese, die sie diagonal überquerten. Nun lief der Spitz einen weiteren Hügel hinauf, hinter dessen Kuppe unvermittelt die Flügel der Windmühle auftauchten. Zu jedem anderen Zeitpunkt wäre Karl-Dieter staunend stehen geblieben und hätte die Schönheit dieses Augenblicks bewundert. Der abendliche Himmel hatte sich in ein tiefes Rot gekleidet, wie ein Schattenriss hoben sich die Flügel der Windmühle davor ab, ein anmutiges Bild wie aus alten, längst vergangenen Zeiten. War die

Mühle ihr Ziel? Es schien fast so. Mütze spürte, wie sich sein Ärger etwas legte, und er begann, neuen Mut zu schöpfen. Die Mühle! Was, wenn man Max und Moritz in der Mühle versteckt hielt? Vielleicht hatte der Spitz Freundschaft mit den beiden Jungs geschlossen, hatte mitbekommen, was man mit ihnen getrieben hat und wo man sie versteckt hielt. Unwillkürlich musste Mütze an eine alte Fernsehserie denken, die er als Kind heimlich bei Freunden angeschaut hatte, *Lassie*. Was hatte der kluge Collie nicht alles für Abenteuer bestanden! Wie viele Menschenleben hatte er gerettet! Zugeben, alles ist letztlich nur der Fantasie des Drehbuchautors entsprungen, dennoch, setzten nicht auch seine Kollegen erfolgreich Hunde ein, als Spürhunde bei der Drogenfahndung oder um sich auf die Spuren eines Menschen zu heften? Und darum ging es jetzt doch, eine Fährte der verschwundenen Jungen aufzunehmen. Vielleicht hatte er dem Spitz unrecht getan. Also los! Auf zur Mühle!

EINUNDDREISSIGSTES KAPITEL

Die Mühle stand still. Nichts rührte sich. Niemand war zu sehen, alle Fenster waren schwarz. Ob der Müller wieder in der Dorfkneipe saß und Skat mit seinen seltsamen Freunden drosch? Umso besser! Der Spitz schien genau zu wissen, wohin er wollte. Nicht die Mühle selbst interessierte ihn, sondern das Lagerhaus daneben, wobei, das Wort Lagerhaus für dieses Gebäude zu missbrauchen, war ein linguistisches Verbrechen. Das Lagerhaus war allenfalls eine windschiefe Scheune, auf dem Dach waren schon etliche Ziegel verrutscht. Und wäre nicht der Efeu gewesen, der die Scheune überwucherte, sie wäre wohl schon auseinandergefallen. An der Giebelseite befand sich ein hohes Tor, seine beiden Flügel waren mit einem dicken Vorhängeschloss versperrt. Der Spitz machte Männchen und bellte die Scheune an: »Rawau-rawau«. Mütze rappelte am Tor, die Türflügel, die aus zusammengenagelten Brettern bestanden, öffneten sich einen Spalt weit, genug, um einen Blick in die Halle zu werfen. Auf diesen Moment schien der Spitz gewartet zu haben. Er zwängte sich durch die Lücke und verschwand im Dunkeln. Mütze griff nach seinem Handy und leuchtete so gut es ging die Halle aus. Im schwachen Schein des Displays konnte man vieles nur undeutlich erkennen. An der rechten Längsseite waren Dutzende gefüllter Mehlsäcke auf Euro-Paletten aneinandergelehnt, an der gegenüberliegenden Seite standen hohe Regale aus grobem Holz, zahlreiche Kisten lagerten dort, auch sah man verschiedene Gerätschaften, eine Art Hobelbank mit einem Werkzeugschrank, einen Tisch mit Ordnern darauf. Mütze und Karl-Dieter pressten ihre Köpfe dicht an den Spalt. Langsam gewöhnten sich ihre Augen an die Dunkelheit. Die Stirnseite der Halle war über und über mit Postern aus Herrenmagazinen tapeziert, ganze Jahrgänge musste der Müller gesammelt haben. Neugierig ließ Mütze den Schein seines Handys darüber spazieren, lauter Pin-up-Girls in den unterschiedlichsten Posen.

»Girls?«, sagte Karl-Dieter zweifelnd. »Schau doch, das sind doch keine Girls, das sind doch alles reife Muttis.«

»Du hast recht«, grinste Mütze und fuhr damit vor, die Fotogalerie auszuleuchten.

»Seit wann interessierst du dich für nackte Damen?«, fragte Karl-Dieter pikiert.

»Verpasse keine Gelegenheit, dich fortzubilden«, lachte Mütze, »Wissen ist Macht.«

Dann senkte er seinen Handscheinwerfer und suchte nach dem Spitz. Wo war er nur geblieben? Mütze ließ das Licht über den Boden gleiten. Da war er ja! Schnüffelnd lief der Hund durch die Halle, aufgeregt ging sein Schwänzchen. Besonders die Mehlsäcke schienen es ihm angetan zu haben. Immer wieder lief er die Reihe auf und ab, schließlich blieb er stehen und bellte lebhaft: »Rawau, rawau!«

»Was hat er dann?«, fragte Karl-Dieter, der die schlechtere Sicht hatte.

»Er bellt einen Mehlsack an.«

Im selben Moment zuckten beide zusammen. Jemand packte sie mit festem Griff beim Kragen.

ZWEIUNDDREISSIGSTES KAPITEL

»Was sucht ihr Kerle hier?«, brüllte der Müller.

»Erlauben Sie mal, was fällt Ihnen ein?«, entgegnete Mütze mit scharfer Stimme und befreite sich mit einer heftigen Bewegung aus dem Griff.

»Euch kenn ich doch«, sagte der Müller, »ihr seid doch die beiden, die neulich bei uns in der Kneipe gewesen sind.«

»Ist das verboten? Stellen Sie sich vor, wir machen Urlaub in Ihrem schönen Finsterfelde.«

»Urlaub? Ihr dringt in mein Eigentum ein, das nennt ihr Urlaub?« Die Stimme des Müllers nahm einen drohenden Ton an. Karl-Dieter verzog das Gesicht. Der Bierdunst, mit dem der Müller sie umnebelte, war unerträglich, mit seiner Augenklappe wirkte er plötzlich sehr bedrohlich.

»Unser Hund ist in Ihre Scheune gelaufen, sie war nicht ausreichend verschlossen«, sagte Mütze in belehrendem Ton.

Im gleichen Augenblick kam der Spitz durch den Spalt geschossen, rannte an den Männern vorbei, den Weg hinunter zur Pension.

»Ihr Hund? Den kenn ich doch! Das ist doch nicht Ihr Hund, das ist doch der Hund von Witwe Bolte«, sagte der Müller und blickte dem Spitz misstrauisch hinterher.

»Ja und?«, erwiderte Mütze. »Was können wir dafür, wenn er uns nachläuft? Sie sollten die Scheune besser versperren, nicht, dass ein Unglück passiert. Schönen Abend noch!«

DREIUNDDREISSIGSTES KAPITEL

Dieser verdammte Müller! Alles hat so schön geklappt, hab mich in die Scheune gezwängt und den richtigen Mehlsack gefunden. So ein Hundenäschen ist schon was Feines. Doch dann muss der alte Verbrecher daherkommen und alles vermasseln. Hoffentlich hat Mütze kapiert, was ich ihm zeigen wollte. Der Mehlsack! Mit etwas Glück wird er den Verbrechern zum Verhängnis.

Doch was ist das? Was trägt der Wind da an mein Näschen heran? Wer ist der Typ dort unten am Gottesacker, was hat er an dem Ankündigungsbrett zu schaffen, jetzt, zu dieser unchristlichen Stunde?

Nur näher heran, aber vorsichtig, lieber laufe ich durch den Graben, vorsichtig, vorsichtig, dass man mich nicht bemerkt. – Geschafft! Nun hab ich den Friedhof erreicht, kann die Gestalt besser beobachten. Dicht vermummt hat sie sich, steht vor der Anschlagtafel und betrachtet zufrieden ihr Werk. Dann streicht sie noch mal über die Tafel und spaziert eilig davon Richtung Dorf. Neugierig bin ich geworden, ich geb's zu. Was hat der Typ an das Brett gehängt?

Dritter Streich

Jedermann im Dorfe kannte
Einen, der sich Böck benannte.
Alltagsröcke, Sonntagsröcke.
Lange Hosen, spitze Fräcke,
Westen mit bequemen Taschen,
Warme Mäntel und Gamaschen,
Alle diese Kleidungssachen
Wusste Schneider Böck zu machen.
Oder wäre was zu flicken,
Abzuschneiden, anzustücken,

Oder gar ein Knopf der Hose
Abgerissen oder lose
Wie und wo und was es sei,
Hinten vorne, einerlei
Alles macht der Meister Böck,
Denn das ist sein Lebenszweck.
Drum so hat in der Gemeinde
Jedermann ihn gern zum Freunde.
Aber Max und Moritz dachten,
Wie sie ihn verdrießlich machten.
Nämlich vor des Meisters Hause
Floss ein Wasser mit Gebrause.

Übers Wasser führt ein Steg
Und darüber geht ein Weg.

Max und Moritz, gar nicht träge,
Sägen heimlich mit der Säge,
Ritzeratze! voller Tücke
In die Brücke eine Lücke.

Als nun diese Tat vorbei,
Hört man plötzliches Geschrei:

»He, heraus, du Ziegen-Böck!
Schneider, Schneider, meck, meck, meck!«
Alles konnte Böck ertragen,
Ohne nur ein Wort zu sagen;

Aber wenn er dies erfuhr,
Ging's ihm wider die Natur.

Schnelle springt er mit der Elle
Über seines Hauses Schwelle,
Denn schon wieder ihm zum Schreck
Tönt ein lautes »Meck, meck, meck!«

Und schon ist er auf der Brücke.
Kracks, die Brücke bricht in Stücke!

Wieder tönt es: »Meck, meck, meck!«
Plumps, da ist der Schneider weg!
Grad als dieses vorgekommen,
Kommt ein Gänsepaar geschwommen,

Welches Böck in Todeshast
Krampfhaft bei den Beinen fasst.

Beide Gänse in der Hand,
Flattert er auf trocknes Land.

Übrigens bei alledem
Ist so etwas nicht bequem!

Wie denn Böck von der Geschichte
Auch das Magendrücken kriegte.

Hoch ist hier Frau Böck zu preisen!
Denn ein heißes Bügeleisen,
Auf den kalten Leib gebracht,

Hat es wieder gutgemacht.
Bald im Dorf hinauf, hinunter
Hieß es: Böck ist wieder munter.

Dieses war der dritte Streich,
Doch der vierte folgt sogleich.

Frechheit! Was für eine bodenlose Unverschämtheit! Könnte ich nur höher springen, ich würde den verdammten Zettel mit den Zähnen zerreißen. Wer erlaubt es sich, sich über meine Jungs lustig zu machen, wer dichtet solche Lügenverse? Eine Verdrehung der Wahrheit ist das, Fake-News der übelsten Sorte. Wo ist der Spötter hin? Am liebsten würde ich ihm hinterher und ihm in den Hosenboden beißen, doch hat der Wind gedreht, ich wittere den Typen nicht länger, spurlos verschwunden ist er, wie vom Erdboden verschluckt. Wie kann er das von der Brücke wissen? Ist das etwa das neueste Dorfgespräch? Woher weiß er, dass es meine Jungs waren, die zur Säge gegriffen haben? Das ist Täterwissen!

Meine Jungs, meine armen Jungs. Nicht genug, dass man sie ermordet hat, jetzt macht man sich auch noch post mortem über sie lustig, zerstört ihr Andenken, will sie gänzlich vernichten. Woher der Kerl das mit der Brücke nur weiß? Dabei sind meine Jungs völlig unschuldig. Es gibt nur einen, der an der Zerstörung schuld ist. Und dieser Mensch bin ich. – Sie sind überrascht? Wieso das, fragen Sie? Ich will es Ihnen erklären.

Es lag an mir, mehr aber noch an Fritz, dem verfluchten Dorfpolizisten. Nachdem ich als gefiederter Briefträger die beiden Zettel ins Zimmer meiner Jungs hab fallen lassen, flog ich auf einen Baum vor der Pension. Mein Instinkt betrog mich nicht, keine Viertelstunde später kamen Max und Moritz aus der Haustür geschlichen. Sie wollten nicht bis zum Morgen warten, sie wollten den Mord an mir auf der Stelle aufklären. Unerkannt flatterte ich durch die Nacht hoch am Himmel über ihnen her, am Friedhof vorbei zum Dorf. Die kleine Polizeiwache mit der Wohnung des Dorfpolizisten befindet sich gleich neben der Schule. Licht flammte auf, als meine Jungs schellten. Es dauerte einen Moment, bis geöffnet wurde, der Dorfpolizist musste sich noch in seine Dienstuniform zwängen. Dann stand er in der Tür, die Schirmmütze auf dem Kopf, sah Max und Moritz misstrauisch an. Sie zogen den Zettel hervor, den mit dem gefälschten Testament. Mein Herz hüpfte höher. Jetzt würde alles gut werden, jetzt nahm die Gerechtigkeit ihren Lauf.

Doch was war das? Der Dorfpolizist schüttelte den Kopf, als er den Zettel las, knüllte ihn zusam-

men und stopfte ihn sich in die Tasche. Dann hob er den Finger und begann, auf meine Jungs einzureden, ja sie zu beschimpfen. Zaghaft versuchten sie, sich zu verteidigen, allein, der Dorfpolizist redete sich immer mehr in Rage. Lichter in den umliegenden Häusern gingen an, man schaute aus dem Fenster, was der Lärm zu bedeuten hatte. Schließlich knallte der Polizist die Tür zu, Max und Moritz trotteten enttäuscht davon.

Wie gerne hätte ich sie in den Arm genommen, wie hab ich mit ihnen gelitten. Man hat sie nicht ernst genommen, hat sie ausgelacht und dann zur Sau gemacht. Ich spürte, wie die Wut in mir aufsteigt. Dieser Ignorant von Wachtmeister! Kinder haben eben keine Lobby, Kindern glaubt man nicht. Das ist die traurige Lehre. Jetzt verstand ich meine Jungs noch besser. Wie oft hatten sie in ihrem kurzen Leben schon die Erfahrung machen müssen, dass man ihnen nicht glaubt, ihnen nicht einmal richtig zuhört. Ja, ich nehme mich da überhaupt nicht aus, auch als Vater hab ich sie oft kurz abgekanzelt, hab sie nicht ernst genommen, hab mir keine Mühe gegeben, sie zu verstehen. Frustriert und verärgert wollte ich dem Polizisten einen Schiss gegen die Scheibe pfeffern, da sah ich durchs Fenster, wie er den Zettel aus der Hose zog und sorgfältig glattstrich. Was war das? Fing er an, nachdenklich zu werden? Er schien zu überlegen, ging im Zimmer auf und ab, strich sich über das Kinn. Dann setzte er sich und griff zum Telefon.

Bestimmt rief er jetzt seine vorgesetzte Dienststelle an, vielleicht in Wittstock oder gleich die Mordkommission von Potsdam! Nun wähl schon, ruf in Potsdam an! Ich schöpfte Hoffnung, er schien tatsächlich ins Grübeln gekommen zu sein. Dann jedoch schien er es sich anders überlegt zu haben. Ohne telefoniert zu haben, legte er auf, blieb mit ratlosem Gesicht am Tisch sitzen.

Ich stieg wieder in die Lüfte, sah meinen Jungs hinterher. Sie hatten bereits den Kirchplatz erreicht, in der Kirche aber brannte noch Licht. Hell leuchteten die bunten Scheiben, außerdem ist Orgelmusik zu hören. Kein Zweifel, Lehrer Lämpel schien an Schlaflosigkeit zu leiden, probte etwas ein. Von Bach war es nicht, das hätte ich erkannt, eher von einem dieser französischen Romantiker, die ich nicht besonders schätze. Meine Jungs blieben stehen und lauschten ebenfalls. Interessierten sie sich etwa plötzlich für Orgelmusik? Das hätte mich sehr gewundert. Die Musik der Jugend ist eine andere, wenn man den Lärm überhaupt als Musik bezeichnen kann. Ich flog hinüber zum Kirchturm, beobachtete, wie die beiden lebhaft miteinander tuschelten. Dann liefen sie los, nicht aber in Richtung Pension, sondern zu dem nahen Schulgebäude, zur Wohnung Lämpels.

»Bravo, Jungs!«, dachte ich mir, »ihr seid aus meinem Holz geschnitzt! Nur nicht aufgeben!« – Oh, ich konnte ihre Gedanken erraten. Was gab es für eine bessere Möglichkeit? Ungestört konnten sie sich in

Lämpels Wohnung umsehen, ob sich vielleicht weitere Beweise für die Testamentsfälschung fänden. Schon waren sie im Haus verschwunden, wie haben sie das gemacht? Ob die Tür unversperrt gewesen ist? Es sah so aus. Ich segelte hinunter, nahm wieder meinen vertrauten Beobachtungsposten vor dem Fenster ein, sah, wie das Handylicht der beiden aufflammte. Tatsächlich, sie gingen auf Suche! Hoffentlich fanden sie, was ihnen weiterhalf. Sie durchstöberten den Aktenschrank, zogen die Schreibtischschubladen auf, durchblätterten Ordner. Da! Jetzt schienen sie etwas gefunden zu haben. Max machte Moritz aufgeregt auf ein Blatt aufmerksam, nun vereinte sich der Schein ihrer Handys, beleuchtete das Blatt, hell lag es auf dem Schreibtisch vor ihnen.

Wieder war ich froh, eine Krähe zu sein. Nie wäre es mir als Mensch gelungen, auf diese Entfernung einen Text zu entziffern. Was ich da aber lesen musste, brach mir das Herz! Es war das Gutachten, das vermaledeite Gutachten, das Gutachten, das schuld daran gewesen ist, dass die beiden als schwer erziehbar eingestuft worden sind, als unbeschulbar, dass sie ins Internat mussten. Lügen, nichts als Lügen musste ich da lesen! Das Gutachten war von Lämpel verfasst. Als kleine Kriminelle wurden sie von ihm abgestempelt, als jugendliche Psychopathen mit dringendem Bedarf an moralischer Nachreifung. Moralische Nachreifung! Diese Worte aus dem Mund dieses Lämpels! Jede Kleinigkeit, die sie angestellt haben mögen, wurde zu einem Staatsverbrechen aufgebauscht. Dass sie sich geweigert hätten, die Nationalhymne zu singen, dass sie ihre Mitschüler aufgewiegelt hätten, jeden Freitag für ideologische Umweltkampagnen zu streiken, dass sie pornografische Schweinereien an die Tafel geschmiert hätten. – Pornografische Schweinereien! Oh, was für ein bigotter Typ war dieser Lämpel! Tauchte seine lüsterne Nase in den Ausschnitt meiner Frau und warf seinen Schülern gefährliche sexuelle Tendenzen vor. Zum Teufel mit ihm! Kopfschüttelnd sah ich meine Jungs den Unfug lesen, blass und blässer wurden sie. Ich konnte erkennen, wie die Wut in ihnen aufstieg, oh, ich konnte sie nur zu gut verstehen. Zornig sahen sie sich um, zitternd vor Empörung. Nun wussten sie, wer schuld daran war, dass man sie von mir getrennt, dass man sie in die Besserungsanstalt gesteckt hatte. Lehrer Lämpel mit seinem verlogenen Gutachten. Max bückte sich, entdeckte die Meerschaumpfeife, Moritz das Gewehr an der Wand und den Pulversack. Sie zögerten nicht lange, griffen in den Sack und stopften Schießpulver in die Pfeife … Richtig macht ihr das, recht geschieht es diesem Lämpel!

Wie ich meine Jungen nach Hause laufen sah, ergriff mich wieder tiefes Mitleid mit ihnen. Schon klar, vom juristischen Standpunkt aus betrachtet, war die Pfeifenaktion als vorsätzliche Körperverletzung zu werten, vielleicht sogar als Mordversuch. Was aber sollten sie auch machen in dieser verrückten Welt? Welchen Anwalt hatten sie denn, welchen Fürsprecher, an den sie sich hätten wenden könnten? Nicht mal die Polizei glaubte ihnen. Man warf ihnen vor, dass sie sich nicht zu vernünftigen Erwachsenen erziehen lassen wollten, dabei mussten sie die bittere Erfahrung machen, wie falsch und verlogen die Erwachsenenwelt doch ist. Wer glaubte ihnen denn schon, wer stand auf ihrer Seite? Diese Welt ist eine von Lügen geölte, jedes Körnchen Wahrheit stört ihr Getriebe, muss sofort eliminiert werden. Das verzweifelte Handeln meiner Jungs, war es nicht der Zorn der Gerechten, ihre Wut, war sie nicht die Ohnmacht der gedemütigten Jugend?

Noch einmal flatterte ich zurück zur Wache. Immer noch saß der Dorfpolizist vor dem gefakten Testamentsentwurf, immer noch schien er sich nicht entscheiden zu können. Doch dann ging ein Ruck durch seinen Körper, rasch faltete er den Entwurf zusammen und eilte aus der Stube, eilte aus dem Haus.

Wo wollte er hin? Max und Moritz hinterher? Oder gleich zu Witwe Bolte? Wollte er sie mit dem Testament konfrontieren. Jawohl! Alles sah danach aus! Mein Herz schlug höher, noch war nichts verloren, mit etwas Glück würde die Gerechtigkeit am Ende noch siegen. Der Wachtmeister schlug tatsächlich den Weg zur Pension ein. Max und Moritz müssten schon wieder in ihrem Zimmer sein, und die Witwe schlief sicher längst tief und fest. Ich war gespannt wie ein Flitzebogen, wollte wissen, wie's weitergeht.

Nun hatte Fritz die Pension erreicht, schellte aber nicht, sondern ging um das Haus herum. Wusste er, wo Klothilde schlief? Es schien so. Er ging durch den Garten, am Apfelbaum vorbei, klopfte an ihr Fenster, klopfte ein zweites Mal. Ein kleines Licht wurde im Zimmer angeknipst, ich erkannte es genau, es war das geblümte Nachttischlämpchen meiner Witwe. Jetzt ging sie zum Fenster, schaute hinaus, erkannte den Polizisten. Doch was passierte jetzt? Warum zog sie sich nichts über, warum blieb sie im Nachthemd? So empfing man doch keinen Repräsentanten der Staatsgewalt! Ich schämte mich für sie, kann man sich was Blöderes denken? Sich für seine eigene Mörderin zu schämen? Doch es kam noch schlimmer. Sie öffnete das Fenster, er stieg zu ihr ein … Am liebsten wäre ich davon! Was für ein Weib! Nun öffnete sie neckisch ihr Dekolleté, wiegte sich in den Hüften und zog ihre Nachtmütze vom Kopf, sodass ihre grauen Haare in Strähnen auf ihre nackten Schultern fielen. Der Polizist aber schüttelte den Kopf, recht so! Ihr würde ihre Schamlosigkeit noch vergehen. Er zog den Zettel hervor, faltete ihn auseinander, zeigte ihn dem Vamp. Klothilde bekam große Augen. Jawohl, du Schlampe! Zu Recht erschrickst du, nun ist es zu Ende mit dem falschen Spiel.

Doch was war das? Sie fing an zu lachen, und der Dorfpolizist fiel in ihr Lachen ein. Fröhlich zerriss er den Zettel, stopfte ihr die Schnipsel in den Ausschnitt. Sie tat, als würde sie sich empören, dann griff sie nach seiner Schirmmütze, setzte sie sich auf, hing sich seine Trillerpfeife um. Wie auf Befehl ging er vor ihr zu Boden, krabbelte auf allen vieren durchs Zimmer, sie trillerte, da machte er Männchen, ließ hechelnd die Zunge heraushängen. Gnädig ließ sie ihn an ihrem kleinen Finger saugen, tätschelt seine Wange … Alles Weitere bekam ich nicht mehr mit, voller Grausen wendete ich mich ab und flatterte davon, flog auf den höchsten Flügel der Mühle, schaute hinunter auf das verfluchte Dorf.

Sie werden verstehen, dass ich Ihnen das alles nur unter Qualen berichte. Was für ein Licht wirft es denn auf mich! Auf was für eine Frau bin ich da reingefallen, was für ein verkommenes Nest ist dieses Finsterfelde! Selbst der Dorfpolizist, nichts weiter als ein korrupter Verbrecher. Statt seine Arbeit zu machen, statt meinen Mord aufzuklären, damit meine Jungs ihr verdientes Erbe erhalten, machte er sich zum Affen, tanzte nach ihrer Pfeife. Alle im Dorf scheinen Klothilde hörig zu sein und auch mich – ich gestehe es voller Scham – hatte sie mit ihren Künsten unter ihre Kontrolle gebracht.

Wumms! Da zerriss eine Explosion die Nacht, ein Lichtblitz, dann ein heftiger Donner, Scheiben zersprangen. Das Haus des Lehrers hatte es erwischt, aber wie! Dennoch, keine Sekunde empfand ich Mitleid, wenn ich an diesen Lämpel dachte. Er würde es schon überlebt haben, Unkraut vergeht nicht, aber diese Abreibung, die hatte er sich verdient.

Ich brauchte eine Weile und ein Flatterbad am Ufer in der Dosse, um wieder klar denken zu können. Hatte ich mein Pulver endgültig verschossen, den letzten Trumpf gespielt? Das konnte, das durfte nicht sein. Ich zermarterte mir mein Krähenhirn, dann kam mir die rettende Idee, ein Gedanke, der mir die Hoffnung zurückbrachte wie die Taube dem Noah durch den Olivenzweig. Warum bin ich vorher nicht darauf gekommen? Es gab da doch etwas, einen Gegenstand, der alles aufklären konnte. Beim Kampf im Zimmer des Schneiders, kurz bevor sie mich mit ihren nackten Leibern erdrückt haben, in dem verzweifelten Moment, als ich mich noch wehren konnte, ist mir bei meinen hektischen Abwehrversuchen meine Armbanduhr abgerissen und unter das Sofa gerutscht. Meine Uhr, das Wunderwerk! Es ist keiner dieser gewöhnlichen Zeitnehmer, es ist ein modernes Multifunktionsmessgerät. Mit ihm konnte man nicht nur Blutdruck und Puls kontrollieren, es maß auch, wie viele Schritte ich täglich ging und welche Strecke ich dabei zurücklegte, ja ich konnte den genauen Streckenverlauf abrufen, auf den Meter genau. Meine Schwippcousine hat mir das Instrument geschenkt, Tante Dörte. Tante Dörte machte sich Sorgen um meine Gesundheit und hoffte, dass ich mich gesundheitsbewusster verhielt. Dabei sollte mir die Uhr helfen. GPS heißt das Zauberwort. Jeden Abend, wenn ich ins Bett kroch, ließ ich mir alle Daten auf dem Display zeigen. Und wehe, ich war keine 10.000 Schritte gegangen! Dann hieß es, wieder aufstehen und losmarschieren. Darin war die Uhr unerbittlich. Ich war Dörte wirklich dankbar. Mit einer solchen Uhr gewinnt man die Kontrolle über sein Leben zurück, es gibt einem ein Gefühl von Sicherheit. Und selbst wenn man ermordet wurde, wenn man keinen Schritt mehr gehen kann, ist die Uhr noch von unschätzbarem Wert. Wer sie findet, kann nachweisen, wo ich ums Leben gekommen bin! Nicht in der Badewanne der Pension, sondern im Haus des Schneiders. Ich musste nur jemanden dazu bringen, unter dem Sofa nachzusehen. Und wer kam da anders infrage als Max und Moritz? Rasch! Ich muss ihnen eine neue Nachricht schreiben.

Zunächst kam mir das Tintenfass von Lehrer Lämpel in den Sinn, doch die Wohnung des alten Urkundenfälschers war ja gerade erst in die Luft geflogen. Dann musste eben eine andere Tinte her. Ein Blatt Papier zu finden, war wesentlich einfacher, ich riss einfach ein Stück eines Plakats ab, das für das Sonnwendfeuer warb. Mit dem Zettel im Schnabel flog ich zur Landstraße, die sich durch die Felder von Bauer Mecke windet. Als Krähe hat man einen Riecher dafür, wo frisches Aas zu holen ist. Ich brauchte nicht lange zu suchen. Ein Auto hatte eine Kröte erwischt, zerquetscht lag sie am Straßengraben. Im Steilflug landete ich neben ihr, breitete den Zettel unter meinen Krallen aus, dann bediente ich mich an der Kröte und begann, mit ihrem schleimigen, grünen Saft zu schreiben. Mühselig war das und ekelig, ich beschränkte mich auf die nötigsten Zeilen. Nun aber los, zurück zur Pension. Wieder landete ich auf dem Dach des Hauses, ließ den Zettel durch das Fenster ins Zimmer gleiten. Max und Moritz, meine letzte Hoffnung!

Meine Jungs! Wie stolz ich auf sie bin. Warum nur bin ich so blind gewesen, warum hab ich ihre Talente so spät erkannt? Alles nur mit den Anforderungen des Berufs zu entschuldigen, mit dem Tod von Marga, meiner geliebten ersten Gattin, ihrer Mutter, wäre zu kurz gesprungen. Gut, auch die Finanzkrise hat eine Rolle gespielt. Damals hatte eine Sitzung die nächste gejagt, hatte ich weniger Zeit für die Familie, dennoch, es wäre auch anders gegangen, sträflich habe ich die Vaterrolle vernachlässigt. Ich habe nur auf die Schulnoten geschaut, nur die Zeugnisse haben mich interessiert. Und wehe, eine Note hat nicht gepasst! Wie sehr habe ich Max und Moritz spüren lassen, wie enttäuscht ich von ihnen war. Statt ihre Stärken zu sehen, ihre Begabungen! Wenn sie dann vor mir standen, mit trotzigen Gesichtern, den Kopf gesenkt, mit dem Gefühl, erneut versagt, den Vater wieder enttäuscht zu haben! Oh, könnte ich dieses Bild wieder aus meinem Kopf bekommen. Alles, alles würde ich anders machen. Ist denn ein Handwerksberuf weni-

ger wert? Bemisst sich der Wert eines Menschen an seinen Schulnoten? Ist menschliches Leben nicht auch ohne Abitur möglich?

Doch ich schweife ab. Also, den Zettel hatte ich ins Zimmer meiner Jungs geworfen. Nun saß ich auf der alten Weide dicht bei der Dosse und wartete. Bestimmt konnte ich mich auf die beiden verlassen, wie dumm war ich früher nur gewesen, daran je zu zweifeln? Die Dosse führte viel Wasser, eine reißende braune Brühe, am Oberlauf musste es heftig gewittert haben. Durch die Nacht sah ich zu meiner Freude Max und Moritz kommen, ich hatte es ja gewusst, mit den beiden konnte man Pferde stehlen. – Doch was war das? Was sah ich? Was war das für ein Teil, das Max da in der Hand trägt? Eine Gestellsäge war das, ein echtes Profigerät, wie es der Schreiner benutzt. Was wollte er denn damit? Sie gingen auf die Holzbrücke, knieten sich nieder, dann setzten sie die Säge an, ich hörte, wie sie sich leise durch das Holz fraß. Was hatten sie vor? Warum die Brücke?

Als ich begriff, was sie vorhatten, blähte sich meine Krähenbrust vor Stolz. Was für ein genialer Gedanke, warum war ich nicht gleich darauf gekommen? Beim Sägen wechselten sie sich ab. Wie geschickt sie mit dem Werkzeug umgingen! Selten biss sich die Säge fest, sehr gleichmäßig sägten sie, ruhig und ohne Hast. Warum hatte ich nur gemeint, sie unbedingt ins Internat stecken zu müssen? Warum hatte ich nur an dem bescheuerten Abitur festgehalten? Warum hatte ich sie nicht aus der Schule genommen und bei einem Schreiner in die Lehre gehen lassen?

Als sie die Brücke fast durchgesägt hatten, gingen sie sehr, sehr vorsichtig zum anderen Ufer hinüber, zu der Seite, auf der die Schneiderei lag. Dann versteckten sie sich hinter den Uferbüschen und begannen mit dem zweiten Teil ihres Plans. Sie legten die Hände vor den Mund und schrien zum Schneiderhaus hinüber: »Schneider, Schneider, meck, meck, meck!«

Das Licht ging an, ein Fenster wurde geöffnet, Schneider Böck streckte wütend seinen Kopf hinaus, wieder tönte das »Schneider, Schneider, meck, meck, meck!«. Der Kopf verschwand, im Schneiderhaus wurde die Tür aufgerissen, mit der Elle in der Hand eilte Böck los, lief zum Fluss, wollte über die Brücke, hinüber zum anderen Ufer, wo er die Jungs vermutete. Da jedoch barsten die Planken, Holz zersplitterte, ein Schrei ertönte, es platschte heftig, Wasser spritzte auf – nun, den Rest kennen Sie. Als auch die Schneidersfrau aus dem Haus stürmte, ihrem Mann zur Hilfe zu eilen und ihn aus den Fluten zu ziehen (die Gänse sind reine Erfindung!), nutzten meine Jungs die Gelegenheit. Sie stürmten los, liefen zur Schneiderei, verschwanden durch die offene Tür im Haus.

Wie hatte ich gefiebert, dass sie die Uhr finden! Mit dem Krötensaft hatte ich eine ziemlich genaue Zeichnung der Stube angefertigt, ein Kreuz bei dem Sofa gemacht und »GPS-Uhr« daran geschrieben. Wenn sie noch dort lag, mussten sie meine Jungs finden, sie war sehr dick und auffallend blau, man konnte sie nicht übersehen. Wenn Max und Moritz das Beweisstück der Polizei übergaben (natürlich nicht dem verlogenen Dorfpolizisten, sondern der Mordkommission von Potsdam), würde man problemlos herausfinden, wo ich tatsächlich ums Leben gekommen war. Von wegen in der Badewanne! Und dann würde es Fragen geben, unangenehme Fragen, an den Schneider, seine Frau und die übrige Bande. Und dann würde das Lügengebäude zusammenbrechen, genau wie die angesägte Brücke.

Wer aber beschreibt meinen Schmerz, als ich meine Jungs enttäuscht aus dem Haus schleichen sah? Das gab es nicht, das durfte nicht sein. Sie schienen die Uhr nicht gefunden zu haben, alles ist umsonst gewesen. Die Schneiderin wird sie beim Putzen entdeckt haben. Vermutlich hat sie sie in den Müll geworfen oder gleich in den Fluss. Und mit ihr hat sie auch meine letzte Hoffnung versenkt. Der Mord, er würde nicht gesühnt werden, meine Jungs, sie würden sich als arme Schlucker durch das Leben schlagen müssen, als Vollwaisen, die man ums Erbe betrogen hatte.

Ach, hätte ich geahnt, dass es noch schlimmer kommen würde! Ich hätte mich glücklich in die Lüfte erhoben und einen frohen Krähengesang angestimmt, hätte nichts, nichts mehr unternommen. Sich als arme

Schlucker durchs Leben zu schlagen, war zweifellos keine schöne Perspektive, tausendmal schöner aber doch, als auch noch das Letzte zu verlieren, das Eigentliche, das Leben. Hätte ich mich doch zufriedengegeben, hätte ich nicht ständig auf Rache gesonnen, hätte ich alles auf sich beruhen lassen, Max und Moritz wären noch am Leben. Nun bleibt mir nur noch eines: nicht nur meinen eigenen Tod, sondern vor allem den ihren zu rächen. Zaudert nicht, liebe Freunde! Lieber Karl-Dieter, lieber Mütze, wartet nicht, bis auch das letzte Beweismittel verschwunden ist! Habt ihr euch den Mehlsack gemerkt, den ich angebellt habe? Wenn der Müller wieder nüchtern ist, wird er sich alles zusammenreimen und handeln. Dann ist es endgültig zu spät.

VIERUNDDREISSIGSTES KAPITEL

Sie warteten im Schutz der Dunkelheit, warteten eine gute halbe Stunde und beobachteten die Mühle. Endlich wurde im Wohntrakt der Mühle das Licht gelöscht, der Müller schien zu Bett zu gehen. Mütze sah auf die Uhr. Eine Viertelstunde würden sie ihm noch gönnen, um in den Schlaf zu fallen. Sollte der Spitz dieses Mal den richtigen Riecher bewiesen haben? Jeder der beiden hing seinen Gedanken nach, dann war die Viertelstunde endlich vorbei.

»Los!«, befahl Mütze.

Aus dem Kofferraum ihres Autos hatte ihm Karl-Dieter den Werkzeugkoffer gebracht. Ein Vorhängeschloss zu knacken, war für Mütze die leichteste Übung. Karl-Dieter hielt schützend ein Verbandstuch um das Schloss, um die Eisengeräusche zu dämpfen.

»Wir wollen den Müller ja nicht um seinen verdienten Schlaf bringen«, sagte Mütze grinsend und bog einen Draht zurecht, den er in das Schloss steckte.

»Hast du dir den Mehlsack gemerkt?«, fragte Karl-Dieter.

»Klaro, Nummer 1961, mein Geburtsjahr, ein starker Jahrgang.«

Karl-Dieter war mulmig zumute. Nicht wegen des Müllers, der schnarchte sicher tief und fest, so wie der Kerl gebechert haben musste. Mulmig war Karl-Dieter wegen des Mehlsacks, genauer, wegen dessen Inhalt. Natürlich wollten sie herausfinden, was es mit dem Sack auf sich hatte, und dennoch graute es Karl-Dieter vor dem Moment, in dem sie den Sack öffnen würden.

»Voilà!«

Das Schloss sprang auf, knarrend öffnete sich das Tor. Sie hielten kurz inne und sahen zur Mühle zurück. Hoffentlich hatte der Müller nichts gehört. Alles blieb ruhig. Mütze schaltete sein Handy wieder ein, dem fahlen Schein folgend, eilten die beiden Freunde auf die Mehlsäcke zu.

»1959, 1960 … da ist er: Nummer 1961.«

Mütze griff in die Werkzeugkiste und zog ein Messer hervor. Vorsichtig, aber entschlossen schnitt er ein Loch in den Sack hinein, das Mehl begann herauszulaufen, es rieselte und rieselte, bis der Sack leer war und schlapp auf dem Boden lag.

»Mehl! Nichts als Mehl«, sagte Mütze enttäuscht und fuhr mit den Händen durch den Mehlberg. Karl-Dieter aber atmete still auf. Natürlich, sie hatten nicht gefunden, wonach sie suchten, dennoch: Gab es etwas Schrecklicheres als Kinderleichen?

Mütze ließ den Strahl des Handys ein letztes Mal durch die Scheune huschen. Zitternd blieb das Licht am rechten Rand der rückwärtigen Wand stehen.

»Ich werd nich mehr«, sagte Mütze.

»Das gibt's doch nicht!«, stammelte Karl-Dieter und wurde blass.

FÜNFUNDDREISSIGSTES KAPITEL

Was für ein furchtbarer Anblick! Auch mich schüttelt es. Zur Mühlenscheune zurückgelaufen, stehe ich im offenen Tor und blicke Klothilde ins Auge. Jawohl, es ist Klothilde, meine Witwe! Wie kommt sie hierher? Warum hängt ein Poster von ihr in der Scheune des Müllers? Und wie sie aussieht! Wie sie auf dem Windflügel reitet, splitternackt, nur das Tuch mit der Schleife auf dem Haar, wie sie in die Kamera lächelt, süffisant und kokett zugleich. Oh, diese Schlampe! Selbst für Herrenmagazine posiert sie, vor nichts scheint es ihr zu grausen. Wie sie mir zuwinkt, wie sie ihr Höschen am kleinen Finger im Wind flattern lässt. Schamhaft wende ich mich ab, mein Blick wandert zu den Mehlsäcken, und meine Miene hellt sich auf. Schlapp sehe ich den Beweissack auf dem Boden liegen. »Rawau!«, belle ich erfreut. Das ist er, das ist der Richtige! Nehmt den Sack mit und lasst ihn kriminaltechnisch untersuchen. Alles findet sich daran, was den Fall lösen wird: meine Gen-Spuren im Inneren des Sacks, die DNA der Verbrecher an der Außenseite. Das ist er, das ist der Sack, mit dem man meine Leiche vom Schneider zur Pension transportiert hat. Nur schnell, nehmt den Leichensack mit, bevor der Müller aufwacht!

Doch was ist das? Was macht ihr denn? Halt, halt! Was habt ihr vor? Nein, ihr könnt doch nicht gehen, ohne den Sack mitzunehmen. Was macht ihr denn, was lauft ihr denn davon? Halt, halt!

SECHSUNDDREISSIGSTES KAPITEL

»Mistviech! Hau ab!«

Mütze und Karl-Dieter hatten Mühe, den Hund abzuschütteln, als sie den Mühlenhügel hinunterliefen. Der Spitz lief um ihre Füße, umkreiste sie wieder und wieder, stellte sich ihnen in den Weg, sprang an ihnen hoch, winselte und rawaute. Fast hätte er sie in die Hosenbeine gezwickt, um sie zur Scheune zurückzuziehen.

»So ein bescheuertes Tier«, schimpfte Mütze und schob ihn unsanft zur Seite.

Nie wieder würde er auf so einen Blödsinn hereinfallen. Einen Fall zu lösen, indem man auf ein Tier hörte, noch dazu auf einen hyperaktiven Pudel. Gab es eine größere Dummheit?

Es war stockfinster, als sie in die Betten fielen, Mitternacht war längst vorüber, der Sonntag war angebrochen. Und wenn der Sonntag übers Dach gerutscht war, würden sie ihre Zelte abbrechen. Eigentlich könnten sie auch schon nach dem Frühstück nach

Hause fahren oder am besten noch vor dem Frühstück. Was sollten sie noch hier?

SIEBENUNDDREISSIGSTES KAPITEL

Munter schnarchte der Dorfpolizist vor sich hin, mit zufriedenem Lächeln lag Onkel Fritz in seinen Kissen, die Nachtmütze auf dem Kopf. Dass er es lediglich zum Dorfpolizisten geschafft hatte, störte ihn nicht. Ganz im Gegenteil. Wer auf der Welt besaß eine größere Macht, besaß größere Freiheiten als ein Dorfpolizist? Hier in Finsterfelde war er die unumschränkte Autorität. Niemand spuckte ihm in die Suppe, der Weg nach Wittstock war weit, nach Potsdam ganz zu schweigen. Einmal im Jahr kam ein Vertreter seiner vorgesetzten Dienststelle vorbei, dann tranken sie zwei, drei Bier zusammen im *Großen Kurfürst,* sein Kollege verabschiedete sich fröhlich, und Fritz hatte wieder für ein Jahr seine Ruhe. »Besser im Dorf ein Fürst als in der Stadt ein kleiner Furz«, war Fritzens ständige Rede. Über die Jahre hatte er sich in Finsterfelde eine Kompetenz angeeignet, wie er sie woanders niemals erreichen konnte. Er war nicht nur Organ der Exekutive, er war zugleich Teil der Legislative und der Jurisdiktion, interpretierte er doch die bestehenden Vorschriften ganz im eigenen Sinne oder schuf im Notfall völlig neue Regeln und Gesetze, das Lex finsterfeldis. War die Sperrstunde erreicht und er hatte noch Durst, verlängerte er die Sperrstunde per Spontandekret, so lange es ihm passte. War jemand anders noch durstig, verlängerte er die Sperrstunde ebenfalls, aber nur gegen die Zahlung einer Gebühr, die in Freibier zu entrichten war. Ebenso flexibel verhielt er sich bei Verkehrsdelikten. Raste jemand zu schnell durch den Ort, konnte er sich entscheiden, ob er die reguläre Strafe gegen Quittung oder eine ermäßigte Strafe ohne Quittung begleichen wollte. Auf diese Weise hatte sich Fritz sein eigenes kleines Reich geschaffen. Deshalb empfand er auch kein Unrechtsbewusstsein, wenn er bei gewissen Straftaten die Augen zudrückte. Natürlich hatte er mitbekommen, was im Haus der Schneiders passiert ist, hatte er in der nämlichen Nacht doch noch eine Runde durch Finsterfelde gemacht. Zu Tode gekommen aber war mit Erwin Bolte erstens ein Zugereister, also ein Bürger zweiter Klasse, und zweitens jemand, der ungefragt das Paarungsverhalten der Dorfgemeinschaft ausspionierte. Tat man das? Heimlich zu anderer Leut' Fenster zu schleichen und zuzuschauen, wie man sich dort unschuldig vergnügte? Dass seine Schäfchen dem Spanner empört ein Ende bereitet hatten, war doch nur zu gut zu verstehen. Ein gewisses Maß an Selbstjustiz ließ der Dorfpolizist gerne mal durchgehen, ersparte es ihm doch eine Menge Arbeit und Scherereien mit seiner vorgesetzten Dienststelle. Und wenn ihm freche Jungs, die ihm sonst nur Ärger bereiteten, plötzlich mit einem gefälschten Testament daherkamen, dann nahm er sich durchaus die Freiheit, die Sache auf unorthodoxe Weise aus der Welt zu schaffen und sich als Ausgleich für seine berufliche Verschwiegenheit dazu ein nettes Schäferstündchen zu besorgen. Nein, nein, in Finsterfelde war alles in Butter! Und da ein gutes Gewissen bekanntlich das beste Ruhekissen ist, schnarchte Onkel Fritz, dass es eine Freude war.

Aber ach! Auch ein Dorfpolizist kann sich mal irren. In dieser Nacht jedenfalls sollte von Ruhe keine Rede sein, diese Nacht sollte ihm noch lange im Gedächtnis bleiben. Während er selbstzufrieden vor sich hin schnarchte und sich nichts Böses dachte, merkt er nicht, wie es sich in seiner Matratze zu rühren begann. Die beiden Obermaikäfer gaben den Marschbefehl und krabbelten voraus, die ganze übrige Käferbande krabbelte im Gänsemarsch hinterher. Nur einem erfahrenen Käferkenner wäre aufgefallen, dass die rundlich-gemütlichen Gesichtszüge des ersten Käfers verdächtig einem vermissten Jungen aus Finsterfelde glichen, nämlich denen von Max, während der Gesichtsausdruck des zweiten Oberkäfers stark an seinen Bruder Moritz erinnerte. Welcher normale Maikäfer trägt zudem schon eine blonde Haartolle zwischen den Fühlern? Der Hass trieb die Käfer-Brüder an. Dieser schändliche Dorfpolizist! Wie hatte er sie abgefertigt, wie hatte er sie ausgelacht, als sie ihm das Beweismittel gezeigt hatten, das gefälschte Testament, mit dessen Hilfe der Mord an ihrem Vater hätte aufgeklärt werden können. Nun sollte der Sünder seine gerechte Strafe erhalten! Dass die Aktion lebensgefährlich werden konnte, störte die beiden Oberkäfer nicht. Im Gegenteil! Nichts wie raus aus diesem bescheuerten Käferkörper. Mehrfach hatten sie schon versucht, Witwe Bolte, ihre gemeine Stiefmutter, so zu ärgern, dass sie erschlagen wurden. Selbst vor einem Sturzflug in die Dunkeltiefen ihrer Bluse hatten sie nicht zurückgescheut. Dauernd aber war ihnen dieser lästige Pensionsgast dazwischengekommen und hatte geglaubt, sie retten zu müssen. Oh dieser Einfaltspinsel! Nur ein toter Käfer war ein guter Käfer. Was wollten sie denn als Käfer schon anrichten? Um Rache zu üben, brauchte es ein anderes Outfit. Wenn sie hätten wählen können, würden sie sich wünschen, im nächsten Leben als Löwen wiedergeboren zu werden oder besser noch als Werwölfe: »Aauuuuuu!« Wie würden sie in Finsterfelde aufräumen!

Entschlossen spazierten sie die Bettdecke entlang, immer dem Geräusch des Schnarchers folgend. Endlich hatten sie den Kopf des Schläfers erreicht. Käfer-Max war der Erste. Er holte weit aus und kniff dem Dorfpolizisten so fest er konnte in die Nase. Mit einem lauten »Bau!« erwachte Onkel Fritz und fingerte nervös nach dem Übeltäter. Als er den dicken Maikäfer erkannte, erschrak er fürchterlich, ließ ihn wieder los und sprang aus dem Bett. Diese Chance nutzte Käfer-Moritz, brummte um den in Panik geratenen Polizisten herum und zwickte ihn ordentlich ins Genick, andere Käferkollegen nahmen sich die nackten Beine vor. Die übrigen starteten Tieffliegerangriffe, sausten und brummten um ihn herum, unbeeindruckt davon, dass Onkel Fritz wild um sich zu schlagen begann, ja, insbesondere Käfer-Max und Käfer-Moritz stürzten sich todesmutig immer wieder auf den Polizisten, bis es schließlich auch sie erwischte. Ein Schlag und die Brüder lagen am Boden, ein Tritt, und sie hauchten ihre Leben aus. Aus war es – zumindest mit ihrem Käferdasein.

ACHTUNDDREISSIGSTES KAPITEL

Zur gleichen Stunde erhob sich Karl-Dieter aus dem Bett. Hatte ihn ein Traum geweckt? Oder ein Geräusch? Mütze schnarchte doch gar nicht, er schlief tief und fest. Mühsam wankte Karl-Dieter zum Fenster. Es war stockfinstre Nacht. Wo nur mochten Max und Moritz stecken? Mit jedem Tag, der verging, schwand die Hoffnung, dass sie noch lebten. Wenn sie getürmt waren, hätten sie sich doch längst gemeldet, zumindest bei Tante Dörte.

Tante Dörte! Karl-Dieter dachte stets mit großer Liebe an sie. Wie eine Mutter ist sie für ihn gewesen, eine einfache Frau, gewiss, und doch von einer Herzlichkeit, wie man sie kein zweites Mal fand. Karl-Dieter konnte jemand anderem kaum deutlich machen, was die Tante für ihn bedeutet hat. Es sind lauter Kleinigkeiten gewesen. Wie sie ihm die Haare nach dem samstäglichen Bad trocken gerubbelt hatte, wie sie ihm die Brote fürs Abendessen geschmiert hat, wie er sich auf dem Sofa an sie kuscheln durfte, wenn sie ihren Rosamunde-Pilcher-Film anschaute. Sie hat ihn geliebt, ohne irgendeine Bedingung zu stellen. Einfach, weil er da war. Das ist vielleicht das Großartigste gewesen.

Später, als er längst ein erwachsener Mann geworden war, hatte sich Tante Dörte um Max und Moritz gekümmert, nach dem Tod ihrer Mutter. Sie hatte selbst nie Kinder gehabt, und doch wusste sie genau, was einsame Kinder brauchten. Wenn die beiden Brüder noch mal so etwas wie Nestwärme verspürt hatten, dann bei Tante Dörte. Sanft wie Lämmer wurden sie in ihrer Gegenwart, nie hätten sie in Dortmund-Dorstfeld etwas angestellt oder die Nachbarn geärgert. Sie wären überhaupt nicht auf die Idee gekommen. Die Liebe, die sie dort empfingen, machte sie immun gegen alle schlechten Gedanken. Karl-Dieter wusste genau: Nie im Leben würden Max und Moritz Tante Dörte den Schmerz antun, sich ihretwegen Sorgen zu machen. Sie hätten sich längst gemeldet, hundertprozentig. Vor der Beerdigung hatten sie ihr ein Selfie mit den Baseballkappen auf den Köpfen und den Schlabberjeans geschickt. »Schau auf unsere Füße«, hatten sie daruntergeschrieben. Ihrem Vater zu Ehren hatten sie sich tatsächlich ihre wertvollsten Schätze angezogen, ihre Sneaker, die sie von ihm zu Weihnachten bekommen hatten, wie Tante Dörte unter Tränen am Telefon erzählt hatte.

Karl-Dieter rieb sich müde die Augen und wollte schon wieder zurück ins Bett, als er innehielt. Da! Da war es wieder, jenes seltsame Geräusch, das ihn geweckt hatte, langsam wurde es lauter. Karl-Dieter lehnte sich zur Seite und wartete gespannt. Ganz hinten, dort, wo die Felder begannen, tauchte plötzlich ein Lichtschein auf, zwei grelle Scheinwerfer erhellten den Streifen eines Getreidefeldes. Ein Mähdrescher schlug eine breite Schneise hinein. Karl-Dieter wunderte sich. War es üblich, die Ernte nachts einzubringen? Kopfschüttelnd warf er sich in die Federn.

Aber hier, wie überhaupt
Kommt es anders als man glaubt.

Wilhelm Busch

SONNTAG

NEUNUNDDREISSIGSTES KAPITEL

Ich hab kein Auge zumachen können, obwohl ich völlig am Ende bin. Erschöpft liege ich vor der Haustür der Pension und frage mich, was ich eigentlich hier soll. Warum lauf ich nicht davon, warum suche ich mir nicht eine neue Heimat? Wenn es für einen Hund nicht so weit wäre, würde ich zu Tante Dörte laufen. Tante Dörte würde mich sofort bei sich aufnehmen, hundertprozentig, sie ist die Einzige, die mich versteht. Was soll ich noch länger im Haus dieser Sexbestie? Ich bin hier ja völlig nutzlos. Soll ich mich weiter damit quälen, zuzuschauen, wie sie's mit anderen Männern treibt? Wie sie sich vom Schneider ihr Höschen stopfen lässt oder dem Dorfpolizisten den nackten Hintern versohlt? Wie sie mein Vermögen verjubelt, mein Andenken beschmutzt? Nein, meine Zeit an diesem Orte ist vorbei. Ich will mein Leben anderswo fristen und in Frieden sterben. Wer weiß, vielleicht habe ich ja Glück und werde als Meerschweinchen wiedergeboren. Meerschweinchen haben es besser. Sie werden jeden Tag gestreichelt, man umsorgt sie liebevoll, gibt ihnen leckere Knabberstangen und frisches Gemüse. Hat man eine Meersau als Partnerin, kann man sich vergnügt mit ihr paaren und sich an sei-

nem Nachwuchs erfreuen. Lässt sich ein schöneres Leben denken?

Wenn die alten Griechen doch recht gehabt hätten! Ja, auch die alten Griechen haben an die Wiedergeburt geglaubt, nicht nur die Buddhisten. Der Tod war nicht die Endstation. Aus dem Hades, dem Totenreich, gab es einen Weg zurück zur Erde. Der Hades war lediglich eine Art Reservepool, ein Auffangbecken frisch gestorbener Seelen, mit denen die Welt aufgefüllt werden konnte. Nur – und das vermisse ich an meiner jetzigen Situation so schmerzlich – hat niemand von den Verstorbenen je gewusst, dass er bereits einmal gelebt hat. Niemand konnte sich an seine früheren Leben erinnern, und das lag an Lethe. Bei Vergil, dem unsterblichen Dichter, heißt es: »Die Seelen nun, denen das Fatum andere Leiber bestimmt, schöpfen aus Lethes Welle heiteres Nass, so trinken sie langes Vergessen.« Durch Lethe, den Fluss der Unterwelt, mussten alle Toten hinüber in den Hades schwimmen, dabei tranken sie vom Wasser des Vergessens. Hätte doch auch ich von jenem köstlichen Wasser getrunken! Dann wären mir die Qualen der Erinnerung erspart geblieben. Oh du Dosse, warum kannst du nicht Lethe sein? Ich würde mich sofort in deine Fluten stürzen.

Doch Verzeihung! Sie tadeln mich erneut, tadeln mich zu Recht! Und erinnern mich daran, dass ich Ihnen was schuldig bin. Ich wollte Ihnen ja verraten, wie ich zum Spitz geworden bin. Das ist wie-

der so eine verflucht traurige Geschichte, aber was soll's, versprochen ist versprochen. Wo war ich stehen geblieben? Genau, wie ich als Krähe zusehen musste, als Max und Moritz enttäuscht von der Schneiderei fortgelaufen sind. Mein GPS-Uhr, sie blieb verschwunden. Keine Chance gab es mehr, meine Mörder zu überführen. So dachte ich. Ach, wie konnte ich meine klugen Jungs nur so unterschätzen? Sie waren schlauer als ich, viel schlauer und mutig, unwahrscheinlich mutig, auch wenn ihnen das zum Verhängnis werden sollte. Doch der Reihe nach. Was geschah in derselben Nacht?

Fliegend begleitete ich meine Jungs von der Schneiderei zurück zur Pension. Klitschnass kamen sie dort an, mussten sie doch, bedingt durch den Brückenschaden, durch die Dosse schwimmen. Doch was war das? Kaum waren sie im Haus verschwunden, kamen sie mit trockenen Klamotten zurück ins Freie. Was hatten sie vor? Ich sah sie in den Garten gehen, dort öffneten sie den kleinen Geräteschuppen und kamen mit einem Spaten und einer Schippe heraus. Dann schlüpfte Max ins Haus, um gleich darauf mit einem Autoschlüssel wiederzukommen. Sie gingen zu meinem Käfer, öffneten die Vorderklappe, warfen Spaten und Schippe in den Kofferraum. Max setzte sich hinters Steuer und Moritz schob an. – Oh, wie klug sie waren! Sie nutzten den Abhang, um ohne Motorgeräusch wegzufahren. Clever, sehr clever! Der Käfer macht nämlich Krach für zwei. So würde die Witwe nicht geweckt, keiner würde bemerken, wie sie davonrollten. Wo aber wollten sie hin, was hatten sie vor? Ein Verdacht begann in mir zu keimen, ein schrecklich-schöner Verdacht. Nein, nein, ihr beiden, macht das nicht! Es ist zu grausam für euch, das ist die Sache nicht wert.

Mein Verdacht, er wurde zur Gewissheit. Sie stoppten den Wagen unten am Friedhof, sprangen heraus, holten Spaten und Schippe aus dem Kofferraum, öffneten das Tor, rannten die Lebensbaumallee entlang, rannten zu meinem Grab. Die Nacht war dunkel, nur selten trat der milchige Mond hinter den Wolkenfetzen hervor und beleuchtete die Szenerie. Ich saß erregt auf der Spitze des letzten Lebensbaums, dicht bei der Friedhofskapelle. Sie taten es, sie taten es tatsächlich! Sie begannen, meine Hülle auszubuddeln. Mir fröstelte, mir wurde kalt und immer kälter. Am liebsten wäre ich dazwischen gegangen! Hätte ich ihnen doch nur etwas zurufen, hätte ich ihr Treiben stoppen können!

Ja, gewiss, ihr habt recht! Wenn ihr mich ausgrabt, wenn ihr meinen Körper zur Rechtsmedizin bringt, zur Charité am besten, dann werden die Pathologen herausfinden, woran ich gestorben bin. Dann wird man zu ermitteln beginnen, dann werden die Schuldigen hinter Gitter gebracht. All das wird passieren, oh ihr klugen, ihr mutigen Jungs. Immer aber wird euch der Anblick in euren Träumen verfolgen, wird euch der Moment zum Albtraum werden, als ihr auf den Sarg stößt, als ihr ihn aufbrecht, als euch euer toter Vater anstarrt. Nicht mal den Kiefer hat man mir festgebunden, mit aufgerissenem Mund werde ich euch begrüßen, mit Stoppelbart und heraushängender Zunge. Lasst es bitte, bitte sein! Werft Spaten und Schippe weg, setzt euch in den Käfer und fahrt davon, fahrt zu Tante Dörte. Sie wird euch aufnehmen, ganz gewiss wird sie das. Bei ihr habt ihr es gut. In Dortmund-Dorstfeld lebt es sich nicht schlecht. Jeden Sonntag gibt's lecker Hühnerfrikassee und an den Samstagabenden Pommes anna Bude. Die Menschen im Ruhrpott sind nicht reich, aber ehrlich. Sie haben das Herz am rechten Fleck und sind sehr hilfsbereit. Und darauf kommt es doch an. Was grabt ihr denn immer weiter? Warum hört ihr denn nicht auf mich?

Tiefer, immer tiefer arbeiteten sie sich vor. Nur noch ihre Schöpfe sah ich, das glatte schwarze Haar von Max und Moritz' blonde Tolle. Erde, immer neue Erde wurde aus der Grube herausgeschleudert, wild und entschlossen. Noch war Zeit davonzulaufen. – Lasst mich, lasst mich doch bitte im Sarg! Nie, nie werdet ihr vergessen, wie ihr mich aus dem Sarg gezerrt habt, bis in eure Träume hinein wird es euch verfolgen, wie ihr mich zum Käfer geschleppt, wie ihr meine leere Hülle in den Kofferraum gezwängt habt. So was bekommt man nicht aus dem Kopf, nie wieder. Da könnt ihr die beste Traumatherapie machen, es wird euch für immer verfolgen.

Plötzlich klang es dumpf und hohl. Sie waren auf den Sarg gestoßen, ich hörte, wie Holz zersplitterte, sie schlugen den Deckel ein. Aber noch etwas anderes hörte ich, etwas Leiseres, Schlimmeres: Schritte, eilige Schritte. Sie kamen die Allee hinauf, waren schon dicht unter mir, traten aus dem Schatten der Lebensbäume heraus. Der Mond schob sich hervor, nun sah ich sie, sah sie ganz deutlich! Es war meine Witwe, gefolgt vom Müller und ja, auch das Schneiderpärchen war mit dabei. Jetzt war es zu spät, jetzt war alles zu spät. Krächzend wollte ich meine Kinder warnen, doch nun waren die Mörder schon am Grab, sahen Spaten und Schippe auf der aufgeworfenen Erde liegen, starrten in die Grube, sahen , was meine Jungs da aus der Kiste zerrten.

Nun ging alles ganz schnell. Der Müller schnappte sich den Spaten, der Schneider die Schippe. Dann begannen sie zu schlagen, schlugen und stießen, stießen und schlugen. Ich hörte die Schmerzensschreie meiner Jungen, ihr Stöhnen, ihre Flüche. Einer von ihnen schien sich an den Spaten zu klammern, wurde zurückgestoßen, niedergeprügelt. Scharf stieß der Spaten hinterher, hässliche Geräusche ertönten. Nun hielt mich nichts mehr, ich stürzte mich vom Baum hinab, mit einer Wut, wie ich sie noch nie verspürt hatte, stürzte mich auf das Mörderpack, auf den Müller mit dem Spaten, hackte nach ihm, griff ihm mit meinen Krallen in die Haare, stieß zu, dorthin, wo die Augen saßen. Er schrie, duckte sich, da packte mich jemand von hinten, Klothilde, die falsche Qualle, sie drehte mir die Flügel um, schleuderte mich zu Boden, trat nach mir. Bevor ich mich aufrichten konnte, entriss sie dem Müller den Spaten, holte aus, ließ ihn niedersausen. Das war's, das war das Letzte, an das ich mich in meinem Krähenleben erinnern kann. Ein kurzer, kalter Schmerz, dann wurde mir schwarz vor Augen.

Wie ich meine Augen wieder öffnete, fiel der erste Strahl der Morgensonne auf meine Federn. Ich wollte krächzen, doch meinem Schnabel entfuhr nur ein hässliches Kikeriki! Was war das? Drei Hennen umflatterten mich, was wollten die Viecher? Ich saß auf einem Komposthaufen, im Garten der Pension, gleich neben dem Apfelbaum. Was machte ich hier? Wie kam ich hierher? Das gab's doch nicht! Ich war ein Hahn, war plötzlich ein Hahn! Dann fiel mir alles wieder ein, alles, was ich zuletzt als Krähe hatte erleben müssen. Meine Jungs, meine armen Jungs! Ich wollte schreien und konnte doch nur krähen: »Kikeriki!« Was war das nur für eine Welt!

VIERZIGSTES KAPITEL

Es war schon nach 10 Uhr, als die Freunde erwachten. Nur mit Mühe ließ sich die Wirtin erweichen, ihnen ein Frühstück zu servieren.

»Wieder kein Ei? Heute ist doch Sonntag«, beschwerte sich Mütze.

»Haben Sie denn die Zeichnung nicht gesehen, den gemeinen Bubenstreich unten am Aushang?«, knurrte die Witwe und brachte schlurfend das Gebräu, das sie als Kaffee bezeichnete, während der Spitz an ihr vorbeischlüpfte und es sich zu Füßen Karl-Dieters gemütlich machte.

»Ach so! Ist das tatsächlich passiert? Ich habe es für einen Witz gehalten.«

»Schöner Witz! Was glauben Sie, was die Fäden im Apfelbaum bedeuten, die zerbrochenen Schalen darunter?« Missmutig goss sie die Plörre ein.

»Schreckliche Geschichte.«

Mütze verstellte seine Stimme und tat, als würde ihm die Sache nahegehen. Sie hatten Tante Dörte zwar versprechen müssen, vorsichtig zu sein, nun aber, wo der Abreisetag gekommen war, war ohnehin alles egal.

»Haben Sie die Übeltäter denn erwischen können?«

»Max und Moritz? Ich hätte ihnen den Kopf abgerissen. Aber wie denn? Die Taugenichtse sind ja getürmt, fort über alle Berge. Und ich muss Ihnen sagen, Gott sei Dank, nichts als Scherereien haben wir mit ihnen gehabt, ganz Finsterfelde atmet auf.«

Mütze musste an die Eierschale mit dem Chargenaufdruck denken. Warum log die Witwe? Die Geschichte stimmte doch hinten und vorne nicht. War jetzt nicht der richtige Moment, sie mit der Wahrheit zu konfrontieren? Kurz lag es ihm auf der Zunge, im letzten Moment beherrschte er sich jedoch. Sie hatten zu wenig in der Hand.

»Ich muss zur Kirche, lassen Sie einfach alles stehen.« Darauf verschwand die Witwe in ihren Privaträumlichkeiten, mit verengten Augenschlitzen sah der Spitz ihr nach.

EINUNDVIERZIGSTES KAPITEL

Zur Kirche! Oh, dieser falsche Drache! Jetzt macht sie auch noch einen auf fromme Helene! Und wie sie meinen Jungs Dreck hinterherwirft. Nicht genug, dass sie sie erschlagen hat, nun hilft sie auch kräftig mit, ihr Andenken zu beschmutzen. »Was glauben Sie, was die Fäden im Apfelbaum bedeuten, die zerbrochenen Schalen darunter?« Dass ihr nicht auf der Stelle die gemeine Zunge abfault! Ich hab doch alles mitbekommen, das ganze Drama, was mit den Hennen passiert ist und auch mit mir, dem Hahn!

Doch der Reihe nach. Wie ich mein erstes Kikeriki ausgestoßen hatte, wie ich mich auf dem Misthaufen wiederfand, umscharrt von meinen drei Hühnern, Adelgunde, Brunhilde und Charlotta, war mir sogleich der Kamm geschwollen. Kikeriki! Erschlagen hat sie meine Söhne, meine geliebten Kinder! Feige in der Grube erschlagen! Sie musste Max und Moritz nachgeschlichen sein, hatte vielleicht doch etwas von ihrem Plan mitbekommen, obwohl die beiden so vorsichtig gewesen sind und extra den Motor des Käfers nicht gezündet hatten. Dann hatte sie nichts Eiligeres zu tun gehabt, als ihre Mordkumpane herbeizutelefonieren, das Schneiderpärchen, den Müller. Unten am Friedhof hatten sie sich getroffen und sind zum Grab geschlichen. Keine Chance hatten meine Jungs gehabt, wie hätten sie sich auch gegen die Schläge wehren können? Es war furchtbar. Ich hatte nichts für sie tun können, außer dem Müller ein Auge auszuhacken. Nun lagen sie in meinem Grab, in ihrem Blut an meiner Seite. Kikeriki! Alle Trauer, allen Zorn krähte ich hinaus in den frühen Morgen. Keiner sollte mehr schlafen in diesem Mörderdorf, keiner sich in süßen Träumen wiegen. Max und Moritz waren nicht mehr, unbarmherzig hat man sie gemeuchelt. Kikeriki!

Ich hielt es nicht mehr auf dem Misthaufen aus, alles drängte mich danach, den Mord zu rächen. Das war das Letzte, was ich für meine Jungs tun konnte. Kikeriki! Ich flatterte auf, bedeutete meinen Hennen, mir zu folgen.

Als Hahn flog es sich nicht so elegant wie als Krähe, der Zorn jedoch verdoppelte meine Kräfte, ich trieb meine Damen an, wir flatterten über die Felder, wenig später hatten wir den Friedhof erreicht, flatterten über die Mauer, hin zum Grab. Notdürftig hatte die Bande die Stiefmütterchen wieder auf das Grab gesetzt, damit niemand Verdacht schöpfen konnte. Ich aber würde ihren Plan durchkreuzen, würde nicht eher ruhen, bis wir meine Jungs wieder ausgegraben haben. Kikeriki!

Auf meinen Befehl begannen Adelgunde, Brunhilde und Charlotta zu scharren, ich mit voller Kraft voraus. Zu viert warfen wir die Erde auf, sie war noch frisch, was die Arbeit erleichterte. Wir scharrten wie die Verrückten, mir war klar, dass wir unbedingt einen Teil der Körper freilegen mussten, nur dann würden wir eine Chance haben. Dann würde der erste Besucher des Friedhofs vor Schreck erstarren, dann würde man erfahren, was mit Max und Moritz passiert war. »Kikeriki! Los, los, meine Damen, nicht nachlassen!

Auch du nicht, Charlotta! Weiterscharren, immer tiefer, wir sind noch nicht am Ziel!«

Ach, hätte ich geahnt, wer der erste Friedhofsbesucher sein würde! Wir hatten uns schon wunderbar vorgearbeitet, als plötzlich ein Schatten über uns auftauchte. Witwe Bolte! Ich sehe jetzt noch ihren Blick, sehe die böse Falte zwischen ihren Augen. Dann haute sie zu. Genau wie in der Nacht zuvor, genau wie auf Max und Moritz gingen nun auf uns die Spatenhiebe nieder. Adelgunde erwischte es als Erstes, ein Spatenhieb und der Kopf war ab, dann folgte die gute Brunhilde, als letztes Charlotta, die gescheckte Zierhenne. Oh, ich muss meine Hühner loben! Ohne Kopf noch scharrten sie weiter, warfen sie die Erde auf, bis schließlich eine nach der anderen tot umfiel. Verzweifelt hatte ich versucht, meine Damen zu verteidigen, ging wütend zum Gegenangriff über, da blitzte der Spaten auch über mir auf, sauste auf meinen Hals nieder.

Jetzt wissen Sie, wie ich zum Spitz geworden bin. Als ich mir dessen bewusst wurde, als der erste Schock vorüber war, bin ich trotz der üblen Vorgeschichte direkt ein bisschen stolz auf mich gewesen. Warum sollte ich es bestreiten? War es nicht als Auszeichnung zu verstehen, es vom Hahn zum Hund geschafft zu haben? Vom Vogel zum Säugetier? Erstmals ist es mir gelungen, die Evolutionsleiter hinaufzuklettern. Gut, Sie können einwenden, auch die Verwandlung von der Krähe zum Hahn ist ein Fortschritt gewesen, der Hahn sei ja ein Haus- und Nutztier und deshalb einer Krähe überlegen. Verzeihen Sie, wenn ich mich über Ihr gut gemeintes Lob nicht freuen kann. Ich habe mich als Krähe deutlich wohler gefühlt als als Hahn. Vielleicht, weil mir der Freiheitsgedanke wichtig war, der Freiheitsgedanke und auch der Gedanke der Selbstverwirklichung. Ein Hahn, so gut er es auch haben mag, ist sein Leben nicht ein armseliges? Den ganzen Tag hat man doch nichts wirklich Wichtiges zu tun, hat keine echte Aufgabe. Der Morgenschrei, okay, aber das war's dann doch schon. Die kleinen gelegentlichen Aufmerksamkeiten den Hennen gegenüber bitte ich tunlichst zu übergehen. Dafür gelobt zu werden, ist ja zum Schämen. Ich möchte es fast als Glück bezeichnen, so kurz gelebt zu haben, dass ich von meiner Männlichkeit keinen Gebrauch machen musste. So süß Charlotta auch mit dem geschecktenZierhintern gewackelt haben mag, man muss nicht jede Erfahrung im Leben machen. Auch wenn mein Leben als Hahn trotz seiner Kürze und seines brutalen Endes offensichtlich als gelungen beurteilt worden ist. Sonst wäre ich ja nicht zum Spitz aufgestiegen. Ich hatte mich bewährt, jedenfalls in den Augen jener Instanz, die über das nächste Leben entscheidet.

Wer diese Instanz ist? Das kann ich Ihnen nicht sagen, das erfährt man nicht. Es ist nicht so wie bei uns Christen, nicht wie vor dem Jüngsten Gericht, bei dem man seinem Gott Aug in Aug gegenübersteht und sein Urteil erfährt. Im Buddhismus läuft alles diskreter ab, geheimnisvoller. Man wacht auf und ist plötzlich wer anders. Punkt. Wobei, plötzlich, das Wort stimmt und stimmt nicht. Alles, was ich sagen kann, ist, dass sich das alles nicht in Sekundenschnelle vollzieht, sondern dass die Seele eine kleine Zeitstrecke unbekannter Dauer zurücklegen muss, bevor sie in einen neuen Körper schlüpft. Zumindest meine ich, das festgestellt zu haben. Schließlich spricht man ja auch von einer Seelenwanderung und nicht von einem Seelenspurt. Vielleicht aber bilde ich mir das auch nur ein, vielleicht geht es auch schneller, und es dauert einfach etwas, bis man sich seiner neuen Existenz bewusst wird. Wie auch immer, nun wissen Sie, wie ich zum Spitz geworden bin. Und auch als solcher ruhe ich nicht, sondern setze weiter alles daran, die Mörder zu überführen. Erst recht, seitdem sie auch meine lieben Jungs auf dem Gewissen haben.

Doch was ist das? Was für ein Geruch steigt mir da in die Nase? Sauerkraut, ohne Zweifel, das ist Sauerkraut! Warum geht die alte Hexe denn vor der Kirche noch in den Keller? Das kann nur einen Grund haben. Nicht an das Kraut will sie, sondern an meine Goldbarren! Was hat sie vor? Das ist verdächtig, höchst verdächtig! – Auf, Mütze! Auf Karl-Dieter! Seht nach, was meine Witwe vorhat! Rawau, rawau!

ZWEIUNDVIERZIGSTES KAPITEL

»Sieh doch, Mütze, der Spitz! Was hat er denn?«

»Lass mich bitte mit dem Köter in Ruhe. Was soll er schon haben? Hat er uns jemals weitergeholfen? Er führt uns doch nur in die Irre.«

»Aber Mütze, sieh, wie sein Schwanz geht, wie er uns anschaut, so klug, so voller Verstand.«

»Geh ihm nach, wenn du meinst. Ich frühstücke in Ruhe zu Ende.«

Karl-Dieter hielt es nicht mehr auf der Bank. Dem seelenvollen Blick des Hundes, er konnte ihm nicht widerstehen. Leise folgte er dem Spitz zur Tür, die zum Flur führte, und öffnete sie. Von der Witwe keine Spur. Sie schien aber noch nicht gegangen zu sein, obwohl doch schon die Kirchenglocke rief. Aus der Küche ertönten leise Geräusche. Vorsichtig schlich Karl-Dieter dem Spitz hinterher, der um die Ecke schielte, hinter der es zur Küche ging. Karl-Dieter stellte sich neben ihn und beugte sich langsam vor. Was er sah, ließ sein Herz einen kurzen Moment aussetzen. Schnell schlich er zu Mütze zurück.

»Ob du's glaubst oder nicht …«

DREIUNDVIERZIGSTES KAPITEL

Er hat's kapiert! Gottlob, hat er's kapiert! Karl-Dieter ist eindeutig schlauer als dieser Mütze. Zum Glück aber hat Mütze auf ihn gehört. Wunderbar! So laufen wir ihr nun zu dritt hinterher. Diese Gaunerin! Hat sich in edle Seide gehüllt und trägt ihr goldenes Gucci-Täschchen. Wie schwer das Täschchen aber an ihrer Schulter zieht, verdächtig schwer. Ei, ei, ei, du altes Miststück! Was hast du denn da im Täschchen? Taschentuch und Puderdose? Können die so schwer wiegen? Kann es sein, dass noch etwas anderes in dem Täschchen ist, etwa einer meiner Goldbarren? Den du in der Küche noch schnell gewaschen und vom Sauerkraut befreit hast? Was hast du denn mit dem Golde vor? Willst es doch nicht etwa in den Klingelbeutel werfen? Das riecht doch schwer nach einem weiteren Schurkenstreich. Dieses Mal aber wirst du observiert, mein Liebes, dieses Mal folgen dir ein waschechter Kommissar und sein hellwacher Partner. Pass nur auf, sonst klicken bald seine Handschellen!

VIERUNDVIERZIGSTES KAPITEL

Mittlerweile hatten die Freunde eine gewisse Routine darin, die Witwe zu beschatten. Als sie am Friedhof vorbeikamen, griff Karl-Dieter nach Mützes Hand und deutete auf die Hinweistafel der Gemeinde.

»Nicht jetzt«, knurrte Mütze und lief weiter.

Karl-Dieter aber blieb stehen, er konnte nicht anders, er musste wissen, was dort Neues stand.

Vierter Streich

Also lautet ein Beschluss:
Dass der Mensch was lernen muss.
Nicht allein das Abc
Bringt den Menschen in die Höh,
Nicht allein im Schreiben, Lesen,
Übt sich ein vernünftig Wesen;
Nicht allein in Rechnungssachen
Soll der Mensch sich Mühe machen;
Sondern auch der Weisheit Lehren
Muss man mit Vergnügen hören.

Dass dies mit Verstand geschah
War der Lehrer Lämpel da.
Max und Moritz, diese beiden,
Mochten ihn darum nicht leiden.

Denn wer böse Streiche macht,
Gibt nicht auf den Lehrer acht.
Nun war dieser brave Lehrer
Von dem Tobak ein Verehrer,
Was man ohne alle Frage
Nach des Tages Müh und Plage
Einem guten, alten Mann
Auch von Herzen gönnen kann.
Max und Moritz, unverdrossen,
Sinnen aber schon auf Possen,
Ob vermittels seiner Pfeifen
Dieser Mann nicht anzugreifen,
Einstens, als es Sonntag wieder
Und Herr Lämpel brav und bieder

In der Kirche mit Gefühle
Saß vor seinem Orgelspiele,
Schlichen sich die bösen Buben
In sein Haus und seine Stuben,
Wo die Meerschaumpfeife stand;
Max hält sie in seiner Hand;

Aber Moritz aus der Tasche
Zieht die Flintenpulverflasche,
Und geschwinde – stopf, stopf, stopf –
Pulver in den Pfeifenkopf.
Jetzt nur still und schnell nach Haus,
Denn schon ist die Kirche aus!

Eben schließt in sanfter Ruh
Lämpel seine Kirche zu;
Und mit Buch und Notenheften,
nach besorgten Amtsgeschäften,

Lenkt er freudig seine Schritte
Zu der heimatlichen Hütte,

Und voll Dankbarkeit sodann
Zündet sich ein Pfeifchen an.

»Ach!«, spricht er, »die größte Freud
Ist doch die Zufriedenheit!«

Rums, da geht die Pfeife los
Mit Getöse, schrecklich groß!
Kaffeetopf und Wasserglas,
Tabaksdose, Tintenfass,
Ofen, Tisch und Sorgensitz
Alles fliegt im Pulverblitz.

Als der Dampf sich nun erhob,
sieht man Lämpel, der – gottlob! –
Lebend auf dem Rücken liegt;
Doch er hat was abgekriegt.

Nase, Hand, Gesicht und Ohren
Sind so schwarz als wie die Mohren,
Und des Haares letzter Schopf
Ist verbrannt bis auf den Kopf.

Wer soll nun die Kinder lehren
Und die Wissenschaft vermehren?
Wer soll nun für Lämpel leiten
Seine Amtestätigkeiten?
Woraus soll der Lehrer rauchen,
Wenn die Pfeife nicht zu brauchen?

Mit der Zeit wird alles heil,
Nur die Pfeife hat ihr Teil.

Dieses war der vierte Streich,
Doch der fünfte folgt sogleich.

FÜNFUNDVIERZIGSTES KAPITEL

Glaub ihm nicht, Karl-Dieter, glaub ihm bitte nicht, diesem Schmierfinken! Oh, wie gemein es dieser Mensch versteht, die Wahrheit zu verdrehen! Wie bei den Hühnergeschichten, wie bei der Geschichte vom Schneider Böck! Natürlich, alles hat sich vordergründig so abgespielt an der Brücke beim Schneiderhaus, und doch ist alles ganz anders gewesen. Der Mensch sieht nur den Schein, nicht aber die Hinter-

gründe. Auf diese aber kommt es doch an, nicht auf die Tat an sich. Warum eine Tat zur Tat wird, das ist doch die entscheidende Frage, daran muss sich unser Urteil ausrichten. Von diesen Gründen aber hat der Schöpfer dieser Bildergeschichten nicht die geringste Ahnung, ja, er verkehrt edles Handeln in sein Gegenteil. Warum haben Max und Moritz die Brücke denn zersägt? Um ein Beweisstück zu sichern, meine GPS-Uhr, die wir unter dem Sofa des Schneiders vermutet haben. Und warum haben sie Schießpulver in die Pfeife gestopft? Um den elenden Schurken von Lehrer zu strafen. Für die Fälschung des Testaments, für das schreckliche Gutachten, das die Jungs ins Internat für Schwererziehbare im finsteren Spreewald gebracht hat. – Selbstjustiz? Sie werfen den beiden Selbstjustiz vor? Moment, Mooment! Selbstjustiz gibt es nur dort, wo es auch Justiz gibt. Wenn Justitia aber blind ist, wenn es keine Gerechtigkeit gibt, wenn selbst der Dorfpolizist korrupt ist, dann wird Selbstjustiz zur Notwendigkeit, dann tritt sie an die Stelle der ordentlichen Gerichtsbarkeit. Wie im wilden Westen, wo auch jeder auf sich gestellt war. Hat jemals jemand John Wayne Selbstjustiz vorgeworfen? Eben! Wenn irgendjemand in diesem Finsterfelde jemals für Gerechtigkeit sorgen wollte, dann meine Jungs!

Doch nun weiter, Karl-Dieter, schnell weiter, lauf Mütze hinterher. Wir dürfen Klothilde nicht aus den Augen verlieren! Was hat sie mit meinem Goldbarren vor?

SECHSUNDVIERZIGSTES KAPITEL

Keuchend rannte Karl-Dieter hinter Mütze her, gefolgt vom Spitz. Mit einem Schlag war ihm klar geworden, wer dieser Lämpel war! Es musste sich um den dritten Mann beim Skat handeln, den Mann mit dem lädierten Äußeren. Sein Gesicht, war es nicht von überstandenen Verbrennungen gezeichnet? Die fehlenden Haare, die verbrannten Brauen und Wimpern, die flammend rote Gesichtsfarbe. Mein Gott, dass er das überlebt hat! Bei aller Sympathie, hier waren Max und Moritz eindeutig zu weit gegangen. Karl-Dieters Beine wurden schwerer und schwerer, endlich hatte er Mütze eingeholt. Der Freund war an einer Straßenecke stehen geblieben und legte warnend einen Finger auf den Mund. Karl-Dieter verstand, und auch der Spitz, der sich eng an Karl-Dieters Beine drückte. Da war sie, die Witwe! Sie wartete seitlich der Kirche, so, als wollte sie sichergehen, dass kein Kirchbesucher mehr vorbeikam. Der Gottesdienst hatte bereits begonnen. Die Zeiger der Kirchturmuhr waren schon an 10.30 Uhr vorbeispaziert, aus der Kirche erklangen eiernde Orgeltöne, dann setzte kümmerlich der Gesang ein: *Großer Gott, wir loben dich!* Auf den Eingangsgesang schien die Witwe gewartet zu haben. Ihr Gucci-Täschchen fest im Griff, lief sie nun auf eines der benachbarten Häuser zu. Karl-Dieter kannte es gut.

»Die Bäckerei«, flüsterte er Mütze zu.

Neben der Bäckerei, leicht versetzt in ihrem Schatten, stand das niedrige Backhaus. Mit raschen Kopfbewegungen sah sich die Witwe um. Als sie sich alleine glaubte, öffnete sie ihr Handtäschchen und zog etwas Schweres hervor, einen länglichen Gegenstand, den sie in Backpapier geschlagen hatte.

»Der Goldbarren«, flüsterte Karl-Dieter aufgeregt.

Nun griff sie sich einen hölzernen Schieber, der seitlich an der Wand lehnte, legte den Goldbarren darauf und schob ihn tief in den Brotofen hinein. Darauf stellte sie den Schieber zurück auf seinen Platz und eilte zur Kirche.

»Nichts wie hin!«, flüsterte Karl-Dieter Mütze zu, als sie im Gotteshaus verschwunden war.

»Bist du verrückt?«, zischte Mütze. »Hiergeblieben!«

SIEBENUNDVIERZIGSTES KAPITEL

Sie warteten. Karl-Dieter schaute zerknirscht und beschämt zugleich. Mütze hatte ihn zu Recht getadelt! Wie konnte er nur so dumm sein? Es ging doch nicht um den Goldbarren, es ging um den, der den Barren holen wollte. Was ihn tröstete: Immerhin hatte er recht behalten, recht mit seiner Beobachtung in der ersten Nacht. Jemand hatte sich heimlich ans Haus geschlichen und einen Brief eingeworfen, einen Erpresserbrief. Jemand wusste von den Schweinereien der Witwe, wusste von der Moritat, und dieser Jemand wollte sein Mitwissen nun vergolden. Deshalb die Nervosität der Witwe, deshalb der Goldbarren im Brotofen. Wenn sie sich den Erpresser schnappten, dann zugleich den wichtigsten Zeugen. Und wenn sie erst den Zeugen hatten, dann hatten sie auch die Mörder. Sie würden den Unbekannten kräftig in die Mangel nehmen, auf seine Verhörmethoden war Mütze stolz. Wer immer auch der Erpresser war, er würde auspacken und alles auf den Tisch legen, allein, um seine Strafe zu reduzieren, würde ihnen berichten, was die Witwe auf dem Kerbholz hatte und wer sonst noch dieses Verbrechen zu verantworten hatte. »Erwin – MORD!« – Ob die Botschaft auf Tante Dörtes Sandweg stimmte? Wenn ja, wie um alles in der Welt mochte sie dorthin gekommen sein? Von wem stammte die Schrift im Sand? Das war das größte Rätsel an der ganzen Geschichte. Ob es tatsächlich so etwas wie himmlische Mächte gab? Immer klarer aber wurde: Die Witwe musste für das Verschwinden von Max und Moritz verantwortlich sein. Mit etwas Glück würden sie bald mehr erfahren. Karl-Dieter und Mütze pressten sich weiter an die Hauswand. Ihr Versteck war gut gewählt. Die Straßenecke gewährte ihnen die notwendige Tarnung, dennoch hatten sie einen direkten Blick auf den Backofen. Wenn bloß der Spitz nicht gewesen wäre! Was fing er plötzlich an zu bellen? »Rawau, rawau!«

»Halte ihm die Schnauze zu!«, knurrte Mütze.

Karl-Dieter hatte sich bereits niedergebeugt und versuchte, das Tier zu beruhigen. Was hatte er denn nur? Was trippelte er so aufgeregt? Was stupste er ihn mit der Schnauze?

»Ruhig, nur ruhig, hörst du! Du darfst uns jetzt nicht verraten!«

ACHTUNDVIERZIGSTES KAPITEL

Oh, diese Menschen! Ich möchte gar nicht dran denken, dass ich selbst mal einer gewesen bin. Das ist ja zum Fremdschämen. Warum bekommen sie so wenig mit, warum sind ihre Instinkte so verkümmert? Das müssen sie doch bemerkt haben, diese Bewegung oben am Dachfenster des Bäckerhauses. Da! Schon wieder! Das ist der Bäcker, zweifellos! Er ist nicht in der Kirche, er ist zu Hause geblieben, hat seinen Beobachtungsposten bezogen und lugt hinunter zu seinem Ofen. Noch scheint er uns nicht bemerkt zu haben, zum Glück scheint er den gleichen Schmalspurinstinkt zu besitzen wie Mütze und Karl-Dieter. Oder hat man als Hund einfach nur schärfere Augen? Ich will nicht ungerecht sein, niemand kann etwas für seine Defizite. Aber dann muss man doch wenigstens offen dafür sein, sich Sachkompetenz einzuholen und dem Experten nicht damit zu drohen, ihm die Schnauze zuzuhalten. Rawau, rawau!

NEUNUNDVIERZIGSTES KAPITEL

In der Kirche wurde ein weiteres Lied angestimmt: *Ein Lämmlein geht und trägt die Schuld.* Wie ausgestorben wirkte die Dorfstraße. Alle, wirklich alle Finsterfelder schienen in der Kirche zu sein. War das möglich? War der Gottesdienstbesucher nicht längst eine aussterbende Spezies? Die Freunde blieben weiter auf ihrem Posten stehen, warteten noch, als *Eine feste Burg ist unser Gott, ein gute Wehr und Waffen,* erklang, die Hymne der Reformation, warteten, während der Pastor seine Predigt hielt und auch, als man *Aus tiefer Not schrei ich zu dir* sang, standen sie noch auf ihrem Beobachtungsposten. Nichts rührte sich, niemand kam vorbei. Langsam wurde Mütze unruhig. Die Kirchturmuhr zeigte bereits 11.15 Uhr, der Gottesdienst musste langsam zu Ende gehen. Die Freunde sahen sich an. Da stimmte doch was nicht! Hatte der Erpresser im letzten Moment kalte Füße bekommen? Hatte er vielleicht gemerkt, dass man den Ofen beobachtete? Bevor die ersten Gottesdienstbesucher aus der Kirche kamen, spurtete Mütze los, lief zum Brotofen, griff nach dem Schieber, stocherte im Ofen herum. Da dröhnte eine Stimme hinter ihm: »Steigen Se rin, könn' Se rauskieken.« Es folgte ein schepperndes Lachen. »Wenn du Brot willst, besuch doch einfach meinen Laden. Die Öffnungszeiten stehen an der Tür.«

Mächtig ließ der Bäcker seine Pranke auf Mützes Schulter niedersausen.

FÜNFZIGSTES KAPITEL

»Er war leer der Ofen, vollkommen leer.«

Mit einem Gesicht wie sieben Tage Regenwetter saß Mütze am Ufer der Dosse. Sie hatten sich in die Auen zurückgezogen, in den Schatten einer alten Weide, hatten sich frustriert an ihren Stamm gelehnt. Der Spitz war ihnen davongerannt. Konnten Tiere beleidigt sein? Er schien es ihnen übel zu nehmen, dass sie ihn wegen seines Gebells zurechtgewiesen hatten.

Mütze war sauer, sauer auf sich selbst. Mann, wer zum Teufel war er? Ein Anfänger, ein blutiger Amateur! Wie konnte er sich nur so dumm anstellen? Warum hatte er nicht zuvor geprüft, ob der Ofen eine weitere Öffnung besaß? Der unbekannte Erpresser, er musste die hintere Ofenklappe geöffnet haben, unerkannt war er mit dem Goldbarren verschwunden.

»Und wenn es der Bäcker war?«, fragte Karl-Dieter. »Immerhin kennt er sich mit seinem Ofen bestens aus und ist nicht in der Kirche gewesen.«

»So blöd wird er nicht sein«, erwiderte Mütze und schleuderte einen Stein in den Bach. »Würdest du, wenn du jemanden heimlich erpresst, deinen Briefkasten als Adresse angeben? – Eben!«

Nein, der Bäcker schied aus. Dass der Ofen eine zweite, hintere Klappe besaß, wusste wahrscheinlich jeder im Dorf, wusste wahrscheinlich jeder, der auf dem Land aufgewachsen war. Nur sie als Großstadtkinder hatten davon natürlich nicht die geringste Ahnung. Karl-Dieter, der sich auch wegen des Gebells vom Spitz schämte, zermarterte sich das Gehirn, wie er Mütze helfen konnte.

»Wir müssen doch nur herausfinden, welche Dorfbewohner nicht zur Kirche gegangen sind, dann können wir den Kreis der Verdächtigen einengen.«

»Na, herzlichen Glückwunsch«, brummte Mütze, »viel Vergnügen dabei.«

Nein, so kamen sie nicht weiter. Sie hatten es versemmelt, hatten ihre Chance gehabt und nicht genutzt. Karl-Dieter schielte zu Mütze hinüber und zog die Stirn kraus. Wie gerne hätte er den Freund getröstet!

»Vielleicht versucht es der Erpresser ja wieder. Wenn es einmal funktioniert hat, warum nicht ein zweites Mal? Die Gier des Menschen ist unersättlich.«

Dieses Mal widersprach Mütze nicht, ja, für einen kurzen Moment hellte sich sein düsteres Gesicht etwas auf. Karl-Dieter könnte recht haben, doch half ihnen das wirklich weiter? Wie lange sollten sie die Witwe denn beschatten? Einen Tag? Eine Woche? Einen Monat? Und doch, Karl-Dieters Bemerkung brachte ihn auf eine Idee. Jawohl! Das könnte funktionieren. Warum war er nicht gleich darauf gekommen? Es war eine Möglichkeit, die Sache zu beschleunigen, keine ganz legale gewiss, aber spielte das eine Rolle? Er war ja auch nicht in offizieller Funktion in Finsterfelde, offiziell machte er ja lediglich Urlaub hier. Und als Privatmann durfte man sich gewisse Freiheiten erlauben. Mit frischem Mut stieß er seinen Ellenbogen in Karl-Dieters Seite.

»Was hältst du davon, wenn wir noch einen Tag dranhängen?«

Karl-Dieter sah Mütze überrascht an. Mützes Augen hatten sich zu kleinen Schlitzen verengt, ein untrügliches Zeichen: Der Herr Kommissar hatte einen Plan ausgetüftelt.

»Was hast du vor?«, fragte Karl-Dieter neugierig.

EINUNDFÜNFZIGSTES KAPITEL

Auf dem Weg zurück zur Pension kamen sie erneut an der kommunalen Hinweistafel vorbei.

»Das gibt's doch nicht«, sagte Karl-Dieter überrascht.

»Was denn?«, wollte Mütze wissen.

»Schau, das ist doch der Dorfpolizist!«

Fünfter Streich

Wer in Dorfe oder Stadt
Einen Onkel wohnen hat,
Der sei höflich und bescheiden;
Denn das mag der Onkel leiden.
Morgens sagt man: »Guten Morgen!
Haben Sie was zu besorgen?«
Bringt ihm, was er haben muss:
Zeitung, Pfeife, Fidibus.
Oder sollt' es wo im Rücken
Drücken, beißen oder zwicken,
Gleich ist man mit Freudigkeit
Dienstbeflissen und bereit.
Oder sei's nach einer Prise,
Dass der Onkel heftig niese,
Ruft man: »Prosit!« alsogleich.
»Danke!« – »Wohl bekomm es Euch!«
Oder kommt er spät nach Haus,

Zieht man ihm die Stiefel aus,
Holt Pantoffel, Schlafrock, Mütze,
Dass er nicht im Kalten sitze.
Kurz, man ist darauf bedacht,
Was dem Onkel Freude macht.
Max und Moritz ihrerseits
Fanden daran keinen Reiz.
Denkt euch nur, welch schlechten Witz
Machten sie mit Onkel Fritz!

Jeder weiß, was so ein Mai-
Käfer für ein Vogel sei.

In den Bäumen hin und her
Fliegt und kriecht und krabbelt er.

Max und Moritz, immer munter,
Schütteln sie vom Baum herunter.

In die Tüte von Papiere
Sperren sie die Krabbeltiere.

Fort damit und in die Ecke
Unter Onkel Fritzens Decke!

Bald zu Bett geht Onkel Fritze
In der spitzen Zipfelmütze;

Seine Augen macht er zu
Hüllt sich ein und schläft in Ruh.

Doch die Käfer – kritze, kratze! –
Kommen schnell aus der Matratze.

Schon fasst einer, der voran,
Onkel Fritzens Nase an.

»Bau!«, schreit er, »was ist das hier?«
Und erfasst das Ungetier.

Und den Onkel voller Grausen
Sieht man aus dem Bette sausen.

»Autsch!« – schon wieder hat er einen
Im Genicke, an den Beinen;

Hin und her und rundherum
Kriecht es, fliegt es mit Gebrumm.

Onkel Fritz, in dieser Not,
Haut und trampelt alles tot.

Guckste wohl, jetzt ist's vorbei
Mit der Käferkrabbelei!

Onkel Fritz hat wieder Ruh
Und macht seine Augen zu.

Dieses war der fünfte Streich,
Doch der sechste folgt sogleich.

ZWEIUNDFÜNFZIGSTES KAPITEL

»Typisch«, sagte Karl-Dieter, »diese Erwachsenwelt! Nichts ist ihr heilig.«

War diese Geschichte nicht entlarvend? Zugegeben, die Jugend mochte sich einen Streich erlaubt haben, was aber war die Reaktion der Erwachsenen darauf? Sie rotteten die Maikäfer aus. Ja, genauso war es doch. Das war er, der Triumpf des ach so vernünftigen modernen Menschen über die Natur. Was schimpften die Leute von heute über die Jugend? Was hielt man den Kindern vor, sie würden nur noch mit oder besser gegen die Elektronik zocken und nicht mehr ins Freie gehen? – Ins Freie! Ja, was sollten die Kinder draußen denn noch erleben? Was warteten denn dort noch für Abenteuer auf sie? Die Bäche begradigt, die Wälder von forstwirtschaftlicher Langeweile, die Wiesen überdüngt, die Felder voller Pestizide. Symbol für die Ausbeutung der Natur waren die Maikäfer. Sie waren verschwunden, vernichtet, dem Nutzdenken geopfert. Wenn diese

Bildergeschichte eine Botschaft hatte, dann doch einzig diese: Es gibt keine Maikäfer mehr! Reinhard Mey hat's gewusst.

»Mensch, Karl-Dieter«, seufzte Mütze, dem der Kopf ganz woanders stand. »Komm schon, beeil dich lieber. Heb dir deine Gesellschaftskritik für später auf, ich brauch dich jetzt, du musst mir helfen.«

Karl-Dieter hatte echt Seele. Darüber hinaus war er ein großer Tierfreund und sah überall Symbolik und geheime Zeichen. Mütze schnaubte. Eine Allegorie auf die Vernichtung bedrohter Tierarten in dem Comic zu sehen! Darauf konnte nur Karl-Dieter kommen. Manchmal war ein Maikäfer einfach nur ein Plagegeist und gehörte erschlagen.

Sie hatten die Pension erreicht. Die Gelegenheit, sich noch etwas umzusehen, war günstig. Bis die Witwe von der Kirche nach Hause gewackelt war, würde es noch ein Weilchen dauern. Mütze trat an die Rezeption und angelte sich das Belegungsbuch, einen dicken, altertümlichen Kalender. Er schlug ihn auf und blätterte darin. Gähnende Leere herrschte auf den meisten Datumsseiten, nur wenige Namen waren mit krakeliger Schrift notiert. Und wenn einmal ein Gast gekommen war, so blieb er selten länger als einen Tag. In diesem Punkt hatte die Besenschwingerin recht. Die Pension schien tatsächlich nur etwas für Durchreisende zu sein, was Mütze freilich nicht wunderte. Wer konnte, flüchtete schnell wieder. Etwas Weiteres stach ins Auge. Die Witwe hatte den Kalender genutzt, sich Notizen über die Gäste zu machen. Unglaublich! Hinter dem Namen »Christof P.« stand: »Schnarcht unerträglich«, hinter einem »Michael Sch.«: »Krümelt am Frühstückstisch, dass es der Sau graust.«

»Schau, was sie hinter unsere Namen notiert hat«, grinste Mütze und las vor: »Der Dicke scheint einen Putztick zu haben, das Bad glänzt plötzlich wieder, darf häufiger kommen.«

»Unverschämt!«, rief Karl-Dieter.

»Wieso? Ist doch ein schönes Lob.«

Plötzlich aber hielt Mütze inne, blätterte zurück, dann wieder vor.

»Was hast du denn?«, fragte Karl-Dieter, der ihm über die Schultern sah.

»Komisch«, sagte Mütze und deutete auf einen Eintrag vom heutigen Sonntag. Ganz unten auf der Seite, unter dem Strich für 22 Uhr, waren die Buchstaben »SC« notiert.

»Und?«, fragte Karl-Dieter.

»Sonst finden sich nur die Namen der Gäste, krakelig zwar, aber doch ordentlich ausgeschrieben, mit Vornamen und Familiennamen. Hier aber die seltsame Abkürzung und auch die nur unten an den Rand notiert.«

»Vielleicht die Erinnerung an einen Arztbesuch.«

»Am Sonntag? Nachts um 22 Uhr?«

»Vielleicht ist der Kirchgang gemeint, eine Nachtmesse vielleicht.«

»Quatsch! Wer schreibt denn den Kirchgang in den Kalender, noch dazu mit SC. Schau mal …«

Mütze blätterte zurück, bis am unteren Rand erneut das Kürzel auftauchte.

»SC – hier haben wir es wieder. Schau, welcher Tag das ist.«

»Sonntag vor zwei Wochen.«

»Ganz genau. Und weißt du auch, was an diesem Sonntag passiert ist?«

»Du meinst …«

»Ganz genau, an jenem Sonntag ist die Witwe zur Witwe geworden.«

DREIUNDFÜNFZIGSTES KAPITEL

Zufall. Natürlich konnte es schlicht Zufall sein, dass Erwin Bolte an einem SC-Abend sein Leben ausgehaucht hatte. Wofür mochte SC stehen? Sie rätselten hin und rätselten her. Die einzige Idee, die sie hatten, war die Schneiderei. Aber wenn man Schneiderei abkürzte, dann doch mit Sch und nicht mit SC. Und warum sollte die Witwe alle 14 Tage sonntags zum Schneider gehen, nachts um 22 Uhr? Zwar, das war zu vermuten, verband sie eine geheime Sache mit

Böck, der Besuch neulich bei ihm im Zustand großer Nervosität sprach dafür, aber was sollten die regelmäßigen Besuche? Was sein konnte, die Witwe hatte das Ding, mit dem sie erpresst wurde, nicht allein durchgezogen. Sie hatte einen Helfer, den Schneider. Deshalb hatte sie der erste Gang zu ihm geführt, nachdem der Unbekannte seinen Brief bei ihr eingeworfen hatte. Sie hatte sich mit ihm beraten wollen.

»Vielleicht steht SC ja auch für Ski-Club.«

»Ganz klar«, antwortete Mütze, »warum nicht für Santa Claus?«

Hastig warf er das Gästebuch wieder zu. Die Witwe kam sicher bald zurück.

VIERUNDFÜNFZIGSTES KAPITEL

Dämmerig ist es in der Backstube, das Licht des Tages hat keine Chance, sie haben das Fensterchen mit einem Tuch verhängt. Nur mit mir haben sie nicht gerechnet, mit dem kleinen dummen Spitz. Hab mich platt auf die Erde geworfen und schiele unter dem Türschlitz hindurch. Nach und nach sind sie alle eingetroffen, die ganzen Halunken: Schneider Böck mit seiner Frau, Lehrer Lämpel, der Müller und natür-

lich Klothilde, mein Goldstück, alle noch in ihrem Sonntagsstaat mit den Gesangbüchern in der Hand. Gespannt sehen sie den Bäcker an. Der Bäcker scheint sich seiner Wichtigkeit voll bewusst zu sein. Er setzt ein geheimnisvolles Gesicht auf, reibt sich die Hände, schmunzelt.

»Ihr glaubt nicht, wer den Barren geholt hat!«

»Raus mit der Sprache«, unterbricht ihn Lehrer Lämpel, »wir sind hier doch nicht bei Wer-wird-Millionär.«

Den Bäcker verschnupft die Bemerkung sichtlich. Sein Lächeln verschwindet, er räuspert sich: »Der saubere Herr Erpresser hat wohl geglaubt, wir rechnen nicht damit, dass er von hinten durch den Garten schleicht, nahm an, dass wir nicht ahnen, dass er die hintere Klappe des Ofens kennt. Hält sich für einen ganz Schlauen, der Schlawiner. Ich aber hab von meiner Dachstube alles im Blick, vorne raus zur Straße und auch hinten raus zum Garten. Als von der Kirche ›Eine feste Burg‹ erklingt, übrigens habt ihr schon mal besser gesungen, seh ich's in den Johannisbeeren rascheln, dann schiebt sich ein Hut hervor, nicht irgendein Hut, einen Hut, den ihr alle sehr gut kennt, so ein Schlapphut, so ein brauner. Ob ihr's glaubt oder nicht, wie ich den Hut sehe, weiß ich Bescheid, wer's ist, auch wenn ich das Gesicht nicht erkenne …«

»Ja, wer denn? Raus damit!«

»Bauer Mecke!«

Alle starren den Bäcker an. Einige Sekunden gespanntes Schweigen. Dann bricht ein heftiges Stimmengewirr los, man debattiert wild hin und her, die einen können es nicht glauben, die anderen haben es immer schon gewusst. Bauer Mecke! Man hat es sich doch denken können. Wenn einer ein Außenseiter im Dorf ist, dann Bauer Mecke. Lebt draußen auf seinem Einödhof, ohne Frau und Magd, nur zum Müller hält er von Berufs wegen Kontakt, und das auch nur jetzt während der Erntesaison.

»Bauer Mecke, das Schwein!«, zischt Schneider Böck. »Er ist es gewesen. Was hatte er bei meinem Haus verloren, noch dazu zur nächtlichen Stunde?«

»Lies noch mal den Brief vor!«, wendet sich seine Frau an meine falsche Witwe.

Umständlich fingert Klothilde den Brief aus ihrem Gucci-Täschchen, faltet ihn auseinander, fängt an, den aus Zeitungsschnipseln zusammengeklebten Brief vorzulesen: »Ich hab euch ertappt, ich hab alles gesehen. Ihr habt den Bolte erstickt, gemeinsam. Dafür ist Schweigegeld fällig. Am Sonntag, wenn ihr alle in der Kirche seid, liegt ein Goldbarren im Backofen. Sonst liefere ich euch ans Messer.«

»Er hat alles gesehen, das heißt ...«

»Das heißt, er weiß, wie wir angezogen waren.«

»Angezogen?«

Ein wieherndes Gelächter erfüllt die Backstube, das aber genauso abrupt wieder verstummt.

»Ich wette, er hat uns beobachtet.«

»Kann sein. Von der Hügelkuppe seines Ackers aus kann, wer will, zum Schneiderhaus hineinschauen.«

»Er hat sich mit seinem Feldstecher auf die Lauer gelegt, hat uns ins Wohnzimmer hineingeglotzt.«

»Um sich an uns zu ergötzen.«

»Ein Spanner, ein widerlicher Spanner.«

»Deshalb hat er alles mitbekommen, deshalb weiß er, was wir mit Bolte gemacht haben.«

»Brrr … mich ekelt's! Wenn ich daran denke, dass er mitbekommen hat, wie ich Klothildes Schlüpfer gestopft habe.«

»Und wie ich auf dem Schaukelpferd gesessen habe, während Agathe die Kinderpeitsche geschwungen hat.«

»Und wie ihr Männer den Schuhplattler versucht habt.«

»Wie wir Stripp-Mau-Mau gespielt haben.«

»Und Sackhüpfen …«

»… und Eierlaufen.«

»Mensch, bin ich froh, dass ich an dem Abend nicht mit dabei sein konnte«, entfährt es dem Bäcker.

»Und ich erst«, stöhnt Lehrer Lämpel.

Entsetzen und Empörung auf den Gesichtern. Dann reden wieder alle durcheinander, ein Gemisch aus Empörung und Wut entlädt sich, die wüstesten Rachepläne werden ersonnen.

»Gut, dass wir wissen, wer der Saukerl ist. Kurzen Prozess werden wir mit ihm machen.«

»Er wird dafür bezahlen, oh ja, das wird er!«

»Am Ende darf er keinen Mucks mehr von sich geben.«

»Ganz klar, er hat sein Leben verwirkt.«

»Alles muss wie ein Unfall aussehen.«

»Ganz natürlich, wie ein Unfall.«

»Am besten wie ein Arbeitsunfall.«

»Vielleicht mit dem Traktor.«

»Traktor ist gut. Aber wie stellen wir das an?«

»Ich hab eine bessere Idee.«

Alles sieht den Müller an. Auf seinem Gesicht breitet sich ein diabolisches Grinsen aus. Langsam beugt er sich vor, rückt noch einmal seine Augenklappe zurecht und beginnt zu flüstern.

FÜNFUNDFÜNFZIGSTES KAPITEL

»Es muss echt aussehen, also nicht zu professionell.«

»Hab schon verstanden.«

Die beiden Freunde saßen über dem wackligen Zimmertischchen. Karl-Dieter hatte die neueste Ausgabe der *Brigitte* geopfert, die er sich wegen der neuen Diät gekauft hatte, was er Mütze gegenüber aber nie zugeben würde. Nun schnitt er mit seiner

Nagelschere einzelne Worte aus, manchmal auch nur Buchstaben oder deren Kombinationen, die Mütze wie ein Puzzle zusammensetzte. Karl-Dieter sah nicht besonders glücklich aus.

»Ist das denn wirklich nötig?«, fragte er. »Ich meine, haben wir denn nicht genug in der Hand, uns Witwe Bolte zu schnappen? Wir haben sie doch beobachtet, wie sie das Gold in den Ofen geschoben hat, wir können doch beweisen, dass sie erpresst wird. Reicht denn das nicht? Kannst du nicht deinen Ausweis zücken und sie durch die Mangel drehen?«

Mütze verschob die ausgeschnittenen Textbausteine auf einem weißen Blatt Papier hin und her und schüttelte bedauernd den Kopf.

»Nett von dir, dass du mich an meine Möglichkeiten erinnerst«, sagte er mit jener Prise Arroganz, die Karl-Dieter hasste wie die Pest, »nichts täte ich lieber, als mir die alte Schachtel vorzuknöpfen. Allein, es geht nicht, es ist noch zu früh.«

»Aber wieso?«

»Sie ist zu durchtrieben. Was glaubst du, wird sie mir antworten, wenn ich sie mit dem Goldbarren konfrontiere, damit, dass wir beobachtet haben, wie sie ihn in den Ofen schiebt?«

»Ich weiß nicht.«

»Aber ich weiß es. Sie wird behaupten, sie habe dem Bäcker ein Geschenk machen wollen, eine Überraschung. Sie wird sagen, jetzt, wo sie eine reiche Frau sei, wolle sie auch ihre Mitbürger beglücken. Ein kleines Dankeschön für all die köstlichen Frühstückssemmeln, die ihr der Bäcker jeden Morgen liefere, nur für sie würde er doch so früh aufstehen. Sie wird sich als heimliche Wohltäterin präsentieren. Es ist nämlich dummerweise nicht verboten, Goldbarren in Backofen zu schieben.«

»Und der Erpresserbrief?«

»Ach, Knuffi! Was hast du denn schon gesehen? Dass ihr jemand einen weißen Umschlag durchs Fenster geworfen hat. Sie wird sagen, es ist ein Liebesbrief gewesen oder ein Bettelbrief. Komm, machen wir weiter. Findest du irgendwo das Wort *Gold*?«

Grimmig lächelnd verschob er die Schnipsel auf dem Papier. Legal? Illegal? Scheißegal! Der Zweck heiligte die Mittel. Wenn sie die Gaunerin überführt hatten, würde niemand mehr danach fragen. Und wenn, war's schon jetzt verziehen.

»Auch *Mitternacht* wäre nicht schlecht.«

»Moment, Moment, ich bin gerade noch dabei, die *Mühle* auszuschneiden.«

»Super. Her damit!«

SECHSUNDFÜNFZIGSTES KAPITEL

Nur rasch zur Pension, rasch zu Karl-Dieter und Mütze! Nicht, dass ich Bauer Mecke besonders leiden kann, im Gegenteil, der Widerling hat mir neulich erst einen Fußtritt verpasst, ich solle mir ja nicht einbilden, in seine Wiesen zu kacken. Davon würde seine Kuh Fehlgeburten kriegen. Arschloch! Auch seine beiden Kettenhunde sollen brutale Typen sein. Dennoch will ich ihm sein Leben retten, ich bin ja nicht so. Und wenn wir ihm sein Leben retten, erwischen wir die Bande in flagranti, und alles wandert ins Kittchen. Dann ist Schluss mit der Übeltäterei und all den anderen Sauereien. Das Einzige, was ich schaffen muss, ist Mütze und Karl-Dieter rechtzeitig zum Ort zu führen, wo man ihm das Licht ausknipsen will. Viel Zeit bleibt nicht. Höre ich nicht Traktorgeräusche? Ist der Bauer vielleicht schon unterwegs?

SIEBENUNDFÜNFZIGSTES KAPITEL

Eine dunkle Wolkenfront war aufgezogen, der Wind hatte sich erhoben und fegte bald kräftig von Westen über das ausgedörrte Land. Die Bäume begannen sich zu biegen, böige Windstöße wirbelten den Staub auf, die sonst so stille Dosse schlug lebhaft Wellen, heftig pfiff es bei der Windmühle, pfiff es durch die hölzernen Flügel. Was aber machte der Müller? Was wollte er da draußen, was zog er die Segel auf, jetzt, wo der Sturm aufkam? Was war bloß in ihn gefahren? Wollte er tatsächlich mahlen, bei diesem Wetter, wollte er seine Mühle ruinieren? Jetzt zuckten auch noch Blitze über die dunkle Wetterfront, in der Ferne grollte es bedrohlich. Unbeirrt aber machte der Müller weiter, kämpfte mit dem sich wehrenden Segeltuch, bis auch der letzte der vier Flügel mit Leinwand bezogen war. Laut fing es nun an zu knattern, mit unglaublicher Macht bogen die Segel die Flügel nach hinten, da löste der Müller den hölzernen Pflock, der das Rad blockierte, stöhnend setzte sich die Mühle in Gang, mühsam zunächst und ächzend, dann schneller und schneller werdend, es klapperte und ratterte, in irrem Tempo rasten die Flügel bald im Sturm, niemand konnte sich erinnern, sie jemals so erlebt zu haben.

ACHTUNDFÜNFZIGSTES KAPITEL

Rawau! Rawau! Ich belle, wie ich noch nie im Leben gebellt habe. Rawau! Rawau! Mütze! Karl-Dieter! Verdammt, warum hört ihr mich denn nicht? Ich bin es, ich sitze unter eurem Fenster, sitze in Sturm und Regen und belle mir die Seele aus dem Leib. Ich brauche nicht zu fürchten, dass mich meine Witwe erschlägt, meine Witwe ist nicht in der Pension, das ist es ja gerade, sie ist in der Mühle, zusammen mit den anderen, mit dem Schneiderpärchen und dem Bäcker. Und ich, nur ich, weiß, was sie vorhaben! Rawau, rawau! Nun öffnet endlich das Fenster, kommt runter, folgt mir, folgt mir zur Mühle! Sonst wird es die nächste Leiche geben, den nächsten Toten. Und mit ihm wird die letzte Hoffnung sterben, die Mörderbande noch zu überführen. Rawau, rawau! So kommt doch endlich!

NEUNUNDFÜNFZIGSTES KAPITEL

»Wenn du jetzt auf den Hund hörst, sind wir geschiedene Leute.«

»Aber, Mütze!«

»Wir bleiben hübsch hier sitzen und machen weiter.«

»Mensch, Mütze! Wie kannst du so was sagen? Merkst du nicht, wie es stürmt und schüttet? Vielleicht will er uns gar nichts zeigen, vielleicht fürchtet sich der Kleine und will ins Haus. Die Wirtin scheint nicht da zu sein, wie soll er denn rein? Hör doch, wie verzweifelt er ist.«

»Ich bin es, der langsam verzweifelt. Lass das Viech bellen, so viel es mag, wir haben hier genug zu tun. Such mir lieber das Wort *Polizei*.«

Stumm schnitt Karl-Dieter in der *Brigitte* herum. Zum Glück hörte das Bellen draußen endlich auf, der Spitz schien resigniert zu haben.

»Da hast du deine *Polizei*!«

Mütze schob das Wort an die passende Stelle, korrigierte die benachbarten Buchstaben ein wenig, dann betrachtete er zufrieden sein Werk. Mit Wörtern unterschiedlicher Größe und Farbe hatte er einen Brief zusammengebastelt, langsam und mit bedeutungsschwangerer Stimme las er ihn vor:

»Die erste Probe hast du bestanden, nun folgt der zweite Teil. Wenn du endgültig deine Ruhe vor mir

haben willst, bring heute um Mitternacht einen weiteren Goldbarren zur Mühle. Öffne das Scheunentor einen Spalt und schieb das Gold herein. Aber Vorsicht! Keine Polizei! Sonst bist du geliefert.«

»Okay! Wo ist der Kleber?«

Karl-Dieter öffnete seinen Kulturbeutel und zog den Speziallack hervor, mit dem er brüchige Nägel behandelte. Mit Hilfe des Lacks klebten sie die ausgeschnittenen Buchstaben und Wörter auf den Papierbogen.

»Wann willst du's denn einwerfen?«, fragte Karl-Dieter.

»Heute Nacht, wenn sie schläft«, sagte Mütze.

SECHZIGSTES KAPITEL

Die Mühle raste, es raste der Sturm. Durch den Sturm aber raste noch jemand anderes. Es war der Bauer, Bauer Mecke, sein Schlapphut knatterte ihm um die Ohren. Hoch oben auf dem Sitz seines alten Traktors saß er, die Hände fest am Lenkrad. Mit einem Hänger voll frisch gedroschenem Weizen fuhr er durch die abgemähten Felder, schnell, nur schnell der Mühle zu, bevor das Unwetter losbrach. Der schwarze Regenvorhang näherte sich bedrohlich Finsterfelde, die ersten Tropfen fielen bereits, als der Bauer die Mühle erreichte, in letzter Sekunde brachte er die Ernte in Sicherheit. Der Mahlgang, er konnte beginnen.

EINUNDSECHZIGSTES KAPITEL

Ohnmächtig. Ohnmächtig und erledigt, so fühle ich mich. Alles zu wissen, alles mitzuerleben und nichts tun zu können, nur dazusitzen und zuzuschauen als stummer Zeuge, wie grausam ist das. Vielleicht aber ist das ja der geheime Grund für die Seelenwanderung, für meine Degradierung zum Hund. Die Ohnmacht zu spüren, sie auszuhalten, mit ihr leben zu müssen. Wie mächtig bin ich mir als Mensch vorgekommen, als ach so wichtiger Banker. Wie sind sie angekrochen gekommen, wenn sie was von mir brauchten, die Kleinunternehmer, arme Würmer, die Schwierigkeiten damit hatten, ihren Kredit zu bedienen, das alte Mütterchen, das man wegen Mietschulden aus ihrer Wohnung werfen wollte, die alleinerziehende Mutter, deren Ex den Unterhalt nicht pünktlich zahlte. Mühelos habe ich dann mein professionelles Gesicht aufgezogen, habe freundlich, aber bestimmt auf die Vorschriften verwiesen, auf die Verträge, auf das Kleingedruckte. Hab bedauernd mit den Schultern gezuckt, davon geredet, dass ich leider nichts für sie tun kann. Wie habe ich diese meine Macht genossen! Das scheint sich nun zu rächen. Die himmlischen Mächte scheinen ein Problem damit zu haben, haben beschlossen, mir das Vergnügen verschaffen zu müssen, einmal die Ohnmacht auszukosten. Als Krähe, als Hahn, als Spitz.

Deshalb muss ich hier nun sitzen, im Mahlhaus, versteckt in einer Ecke, durchnässt vom Regen, allein und frierend. Deshalb muss ich hilflos mitansehen, was hier abgeht, muss zuschauen, wie der Bauer seine Säcke ablädt, wie er nicht ahnt, wer sich hinter der Bretterwand versteckt, sehe, wie der Müller mit verstecktem Grinsen das Mahlwerk zum Laufen bringt. All das muss ich mitansehen und kann nichts dagegen machen, nichts, nichts, nichts!

ZWEIUNDSECHZIGSTES KAPITEL

»Ta-tü-ta-ta-ta-tü-ta-ta!«
Mit einem Mordstempo rast der Krankenwagen durch Finsterfelde, dicht gefolgt vom Auto des Notarztes. Wo brennt's denn? Was ist passiert? Alles eilt an die Fenster, schaut den Autos nach. Das Gewitter ist abgezogen, eine braune Brühe strömt die Dorfstraße hinab, dampfend steigt es aus den Feldern. Die Blaulichtwagen jagen durch Finsterfelde, dreckspritzend, am Friedhof vorbei Richtung Mühle.

Auch Mütze und Karl-Dieter sind zum Fenster gerannt, sehen die Einsatzwagen kommen, sehen sie an der Pension vorbeirasen. Augenblicklich wirft sich Mütze die Schimanskijacke über.

»Warte!«, ruft Karl-Dieter und eilt hinter ihm her. Fünf Minuten später sind sie an der Mühle. Keiner achtet auf sie, sie laufen durch das offene Tor, laufen in die Mahlkammer. Was aber quillt dort aus dem Mahlkasten! Blut! Blut überall! Ein blutiger Fleischbrei, zermahlene Knochen. Hilflos stehen Sanitäter und Notarzt neben dem Trog. Was sollen sie hier? Warum hat man sie gerufen? Nichts ist hier mehr zu retten. Neben einem großen braunen Schlapphut aber sitzt fiepsend und mit eingekniffenem Schwanz ein kleiner Spitz im Eck. Traurig sieht er Mütze und Karl-Dieter an, traurig und sehr vorwurfsvoll.

DREIUNDSECHZIGSTES KAPITEL

Ein Unfall! Natürlich war es ein Unfall. Ein schreckliches Ereignis, ein furchtbarer Tod, aber doch nur ein Unfall. Schnell und dienstbeflissen stellt der herbeigeeilte Dorfpolizist das fest, protokolliert die Zeugenaussagen im Beisein des Notarztes und der Sanitäter. Was man zu Protokoll gibt? Die Schneiderin und meine brave Witwe hätten dem Müller, dessen Frau ihm vor Jahren weggelaufen ist, einen Sonntagsbraten kochen wollen, deshalb seien sie, begleitet von dem Schneider, nach der Kirche zur Mühle gelaufen. Der Müller habe noch schnell die Segel gesetzt, weil sich Bauer Mecke, Gott sei seiner Seele gnädig, mit seinem frischen Weizen angemeldet hat. Kurz bevor das Unwetter losbrach, sei der Bauer mit seinem Erntewagen in die Mühle eingefahren, habe die Säcke abgeladen und zum Trichter gebracht. Dann hätte das Unheil seinen Lauf genommen. Irgendetwas an der Mühle habe plötzlich geklemmt, der Müller sei zu den Köchinnen in die Küche gelaufen, um das gute Sonnenblumenöl zu holen und das Getriebe zu schmieren. Der Schneider sei gerade dabei gewesen, den Köchinnen die Zwiebeln zu schneiden, da hätten sie einen entsetzlichen Schrei gehört. Alle seien sie sofort in die Mahlkammer gestürzt, der Müller, meine Witwe und das Schneiderpärchen. Nur noch die Füße des Bauern hätten aus dem Trichter geschaut, dann seien auch sie verschwunden, aus dem Mahlloch aber sei der rote Brei geflossen. Was für eine Tragödie! »Er muss das Gleichgewicht verloren haben«, höre ich den Müller sagen.

Oh, wie verlogen ist der Mensch, verlogen die ganze Mörderbande. Am besten von ihnen aber spielt Fritz seine Rolle, der Dorfpolizist. Mit welch amtlicher Miene er die getürkten Zeugenaussagen protokolliert, seine nüchternen Zwischenfragen, die ganze zur Schau getragene Professionalität. Dazu die betroffenen Mienen vom Müller, vom Schneider und seiner Frau, die Tränen meiner Witwe. Im Stillen aber lachen sich alle ins Fäustchen. Und der einzige Zeuge, der die Wahrheit ans Licht bringen kann, bringt nur ein hässliches Rawau hervor.

Ich hab alles mitbekommen, oh ja! Als Mütze und Karl-Dieter nicht auf mein Gebell reagieren, flitze ich durch den Gewittersturm hoch zur Mühle. Was für ein Radau dort herrscht! Mit unglaublicher Macht dreht sich die Mühle, ich sehe den Bauern seine Säcke abladen, sehe versteckt hinter einer Wand den Schneider mit seiner Frau, ja und auch meine Witwe. In der Nähe des Trichters stehen sie, während der Bauer läuft und läuft, um einen Getreidesack nach dem anderen zu holen. Dann sehe ich, wie der Müller heimlich einen Hebel umlegt, höre, wie die Mühle zum Stehen kommt, unter unglaublichem Gestöhn. Der Müller läuft zum Bauern, deutet auf den Trichter, schaut hinein. Dann tritt er zur Seite, lässt den Bauern in den Trichter schauen. Im selben Augenblick stürzen die anderen hinter der Wand hervor und schubsen den Bauern in den Trichter. Und ich sitze nur zitternd in der Ecke und schaue zu. Die Einzigen, die etwas unternehmen, sind zu meinem Erstaunen die Gänse des Müllers. Aufgeregt beginnen sie zu schnattern, heldenhaft fliegen sie auf, versuchen, mit ihren Schnäbeln dazwischenzugehen, den Bauern zu retten. Umsonst, die Bande prügelt auf sie ein, wirft auch sie in den Trichter. Der Müller reißt am Hebel, das Mahlwerk setzt sich in Gang, ein Schrei ertönt, ein grausamer, nervenzerfetzender Hilferuf, dann hört man nur noch ein Krachen und Splittern, hört das Mahlwerk stöhnen, dann fließt es rot aus dem Spundloch heraus.

VIERUNDSECHZIGSTES KAPITEL

»Wir hätten es verhindert, glaub mir, wir hätten es verhindert!«

»Sei endlich still, Knuffi.«

»Wir hätten auf den Spitz hören sollen, er wollte uns alarmieren und zur Mühle führen, ganz bestimmt wollte er das. Sein Instinkt hat es ihm verraten, was passieren wird, irgendwie hat er es erraten. Hast du nicht gesehen, wie vorwurfsvoll er uns angeblickt hat? Er hat's gerochen, glaub mir, er hat's gerochen.«

»Du solltest Tierpsychologe werden. Wie soll ein Hund riechen, dass ein Unfall passiert?«

»Glaubst du wirklich an einen Unfall?«

Mütze schwieg. Sie standen auf der Kuppe des Hügels, etwas abseits der Windmühle. Weit ging der Blick hinaus übers Land. Im Osten zogen die letzten Fetzen des Gewitters ab, überall stieg es wie Nebel aus den Wiesen und Feldern. Zwar hatte es sich deutlich abgekühlt, dennoch herrschte weiter eine große Schwüle.

Mütze fuhr sich über das Gesicht. Was spielte es für eine Rolle, was er glaubte? Klar, das alles war mehr als verdächtig. Die Witwe wird erpresst, sie versteckt einen Goldbarren im Brotofen, der Erpresser kommt, holt sich heimlich das Gold. Wenig später geschieht ein mysteriöser Unfall. Zufällig ist Witwe Bolte in der Mühle anwesend, zufällig auch das windige Schneiderpärchen. Jeder, der eins und eins zusammenzählen kann, kann sich denken, dass Bauer Mecke der Erpresser gewesen ist. Das Dumme nur war, sie hatten nichts in der Hand. Sie konnten es ihm nicht nachweisen. Außer …

»Los, Knuffi, komm!«

»Wohin?«

»Wir sichern uns ein entscheidendes Beweismittel!«

Die Freunde liefen zur Pension zurück, sprangen in ihr Auto und fuhren los. Sie mussten schnell sein, wer wusste schon, wer in Kürze alles beim Bauernhof auftauchen würde?

»Ich wär ja froh drum, wenn auch die Witwe käme«, knurrte Mütze, als sie in die Landstraße einbogen, an der Bauer Meckes Hof liegen müsste.

»Warum froh?«, fragte Karl-Dieter.

»Na, überleg doch mal! Muss sie nicht ein großes Interesse an dem Goldbarren haben? Wenn sie auf Nummer sicher gehen will, muss sie ihn sich zurückholen. Und dann, das sage ich dir, dann ist Schluss mit inkognito. Dann packe ich sie mir.«

»Aber du hast doch vorhin gesagt, sie könne mit ihrem Gold machen, was sie will.«

»Verschenken schon, aber nicht zurückholen. Denn wie will sie uns erklären, auf welche Weise ihr Goldbarren zu Bauer Mecke gekommen ist?«

FÜNFUNDSECHZIGSTES KAPITEL

Der Hof von Bauer Mecke war mit einem dichten Lattenzaun umgeben, fast wie eine Festung. Mütze parkte das Auto ein Stück entfernt hinter einem dichten Holunderbusch. Dass sie nur keiner entdeckte! Mit Karl-Dieter lief er los, lief zum Hoftor, an dem ein großes Schild warnte: »Vorsicht! Bissige Hunde!« Mütze entsicherte vorsichtshalber seine Dienstwaffe, dann stieß er das Tor auf. Vor einer Hütte lagen zwei schmutzig-weiße Kampfhunde an dicken Ketten. Wie sie die Freunde sahen, sprangen sie auf, bellten aber nicht oder fletschten die Zähne, im Gegenteil, lustig gingen ihre Schwänze, mit einem freudigen Winseln begrüßten sie Mütze und Karl-Dieter. Über der Hütte war ein Schild mit ihren Namen angebracht: Plisch und Plum.

»Schau, alles Quatsch, was man sich im Dorf über die Hunde erzählt. Blutrünstig, hochgefährlich? Dass ich nicht lache! Schau, wie sich die beiden freuen, uns zu sehen!«

Karl-Dieter ging vor ihnen auf die Knie, willig leckten ihm die Hunde die ausgestreckte Hand.

»Auf geht's! An die Arbeit!«, rief Mütze.

Nur, wo sollten sie anfangen? Der Hof war riesig,

dazu die Scheune, all die Ställe und Nebengebäude. Wo versteckte man einen Goldbarren am sichersten? Sie teilten sich auf. Mütze nahm sich das Wohnhaus vor, Karl-Dieter ging zur Scheune. Das Tor ließ sich widerstandslos öffnen, ratlos stand er in der riesigen Halle. Allein der Heuboden! Tausend Möglichkeiten gab es, dort einen Goldbarren zu verstecken. Wie Karl-Dieter so dastand und sich umschaute, hörte er von draußen die Hunde bellen, hell und auffordernd. Wieder beschlich ihn das Gefühl, das er schon vom Spitz kannte. Die Kreatur war manchmal schlauer als der Mensch. Wollten auch Plisch und Plum ihnen etwas zeigen? Die Hunde kannten sich schließlich aus auf dem Hof. Kein Zweifel, wenn jemand wusste, wo das Gold steckte, dann die beiden.

Karl-Dieter verließ die Scheune und ging zur Hundehütte zurück, Plisch und Plum schienen ihn bereits sehnlichst erwartet zu haben, sprangen auf ihn zu und rissen dabei so heftig an ihren Ketten, dass die Hütte wackelte. – Die Hütte! Heiß schoss es Karl-Dieter durch den Kopf. Wenn er etwas auf dem Hof verstecken müsste, dann natürlich in der Hundehütte! Wo konnte ein Goldbarren sicherer sein? Langsam ging Karl-Dieter auf die Hunde zu, tätschelte sie und sprach beruhigend auf sie ein: »Ihr wollt mir was zeigen, nicht wahr?« Im gleichen Augenblick aber hoben Plisch und Plum witternd ihre Köpfe, schauten sich um und stürmten dann wie auf ein geheimes Kommando los, schossen aufgeregt zum Tor, sodass die

Ketten klirrten, sprangen am Zaun in die Höhe und stimmten ein wütendes Gebell an und fletschten ihre Zähne. Was ging da vor? Was hatten sie denn plötzlich? Karl-Dieter richtete sich vorsichtig auf und sah zum Feldweg hinüber. Weit hinten, dort, wo der Weg von der Landstraße abzweigte, näherte sich ein Fahrrad. Auf ihm saß der Dorfpolizist.

SECHSUNDSECHZIGSTES KAPITEL

»Das hat nichts zu sagen, das ist sein Job«, flüsterte Mütze.

»Sein Job?«

»Sein Job, ganz genau. Das gehört nun mal zur Polizeiarbeit, das Anwesen eines Verstorbenen in Augenschein zu nehmen, um es gegen Unbefugte zu sichern.«

»Du meinst, er ist gar nicht wegen des Goldbarrens gekommen?«

Gerade rechtzeitig hatten die beiden Freunde verschwinden können. Sie waren auf der anderen Seite des Gehöfts über den Zaun gesprungen und in einem sicheren Bogen zu ihrem Auto zurückgeschlichen. Nun fuhren sie durch einen tiefer verlaufenden Hohlweg so leise wie möglich davon. Zum Glück hatten die Hunde einen solchen Lärm veranstaltet, dass der Dorfpolizist nichts bemerkt hatte. Dennoch, Karl-Dieter machte ein enttäuschtes Gesicht. Als die Hunde wie rasend am Zaun gebellt hatten, hatte er die Gelegenheit genutzt. Rasch hatte er sich zu Boden geworfen und den Kopf durch den Eingang der Hundehütte geschoben. Nur ein paar zerbissene Knochen, keine Spur aber von einem Goldbarren! Es hätte so schön gepasst.

»Mach dir nichts draus«, sagte Mütze, »wir kommen in der Nacht noch mal wieder. Bis dahin gibt's in der Pension noch was zu erledigen.«

Karl-Dieter nickte. Er wusste, was Mütze meinte. Immer noch klang ihm das Gebell der beiden Kettenhunde im Ohr. Seltsam, warum hatten Plisch und Plum sie so freundlich begrüßt, den Polizisten aber am liebsten zerfleischt?

SIEBENUNDSECHZIGSTES KAPITEL

Als sie am Friedhof vorbeikamen, rief Karl-Dieter plötzlich: »Halt! Fahr doch mal dichter an den Aushang heran.« Hastig kurbelte er die Scheibe hinunter.

Er hatte sich nicht getäuscht, wieder hing ein neuer Zettel an der rostigen Tafel. Und was dort zu lesen stand, war an Geschmacklosigkeit nicht zu überbieten.

Der letzte Streich

Max und Moritz, wehe euch!
Jetzt kommt euer letzter Streich!
Wozu müssen auch die beiden
Löcher in die Säcke schneiden?

Seht, da trägt der Bauer Mecke
Einen seiner Maltersäcke.

Aber kaum, dass er von hinnen,
Fängt das Korn schon an zu rinnen.

Und verwundert steht und spricht er:
»Zapperment! Dat Ding wird lichter!«

Hei! Da sieht er voller Freude
Max und Moritz im Getreide.

Rabs!« – In seinen großen Sack
Schaufelt er das Lumpenpack.

Max und Moritz wird es schwüle;
Denn nun geht es nach der Mühle.

»Meister Müller, he, heran!
Mahl er das, so schnell er kann!«

»Her damit!« und in den Trichter
Schüttelt er die Bösewichter.

Rickeracke! Rickeracke!
Geht die Mühle mit Geknacke.

Hier kann man sie noch erblicken
Fein geschroten und in Stücken.

Doch sogleich verzehret sie
Meister Müllers Federvieh.

Als man dies im Dorf erfuhr,
War von Trauer keine Spur.
Witwe Bolte, mild und weich,
Sprach: »Sieh da, ich dacht es gleich!«
»Jajaja!«, rief Meister Böck,
»Bosheit ist kein Lebenszweck.«

Drauf so sprach Herr Lehrer Lämpel:
»Dies ist wieder ein Exempel!«
»Freilich«, meint der Zuckerbäcker,
»Warum ist der Mensch so lecker!«

Selbst der gute Onkel Fritze
Sprach: »Das kommt von dumme Witze!«

Doch der brave Bauersmann
Dachte: »Wat geiht meck dat an!«
Kurz, im ganzen Ort herum
Ging ein freudiges Gebrumm
»Gott sei Dank! Nun ist's vorbei
Mit der Übeltäterei!«

»Unerhört«, entfuhr es Karl-Dieter.

»Das kannste laut sagen!«

ACHTUNDSECHZIGSTES KAPITEL

Mit einer entschlossenen Handbewegung zerknüllte Mütze seinen Erpresserbrief.

»Auf geht's«, rief er entschlossen, »wir basteln einen neuen!«

Karl-Dieter verstand die Welt nicht mehr. Was war nur in Mütze gefahren? Was wollte er noch mit einem Erpresserbrief, jetzt, wo der Erpresser durch die Mühle gedreht worden war?

»Ganz einfach«, sagte Mütze mit einem spitzbübischen Lächeln, »jetzt legen wir nach.«

»Aber wieso? Da fällt die Witwe doch nicht drauf rein.«

»Wetten doch? Wir müssen es nur geschickt anstellen. Überleg einmal, Knuffi, was, glaubst du, wird passieren, wenn wir ihr den Brief auf genau dieselbe Weise zustellen, wie sie den ersten erhalten hat, nämlich als nächtliche Wurfsendung in ihr Schlafzimmerfenster?«

Karl-Dieter pfiff durch die Zähne. Da war was dran. Witwe Bolte würde einen schönen Schrecken bekommen und ins Grübeln verfallen. Hatte sie den Falschen erwischt? Oder nur einen Trittbrettfahrer? Wer in aller Welt konnte wissen, wie und wo der erste Erpresserbrief eingeworfen worden ist? Doch nur der echte Erpresser!

»Dieses Mal aber werden wir uns nicht mit einem Goldbarren begnügen«, sagte Mütze, »dieses Mal muss es etwas Wertvolleres sein.«

»Und das wäre?«

»Etwas, was uns verrät, wo Max und Moritz stecken.«

Karl-Dieter schaute verblüfft. Was meinte Mütze damit? Was hatte er vor? Glaubte er allen Ernstes, Max und Moritz noch zu finden?

»Wirst sehen«, sagte Mütze, »hol den Rest deiner *Brigitte*. Jetzt wird's ernst.«

Erneut fing Karl-Dieter damit an, Buchstaben und

Wörter aus der *Brigitte* auszuschneiden, erneut begann Mütze damit, sie auf einem frischen Blatt Papier zu verschieben. Gespannt betrachtete Karl-Dieter das entstehende Werk. Der Text wurde deutlich länger als der letzte. Als Mütze endlich fertig war, schüttelte Karl-Dieter den Kopf. Was für eine verrückte Idee! Aber raffiniert, sehr raffiniert!

»Der Goldbarren war okay, Test bestanden. Nun aber komme ich zum Eigentlichen. Das bisschen Gold ist ein bisschen wenig für das, was sich ereignet hat, findest du nicht, liebe Witwe Bolte? Hier nun kommt die zweite und letzte Forderung: Ich will die Turnschuhe, die Max und Moritz bei der Beerdigung getragen haben. Sie sind wertvoller als alles Gold der Welt. Binde beide Paare zusammen und hänge sie noch vor Morgengrauen an den dürren Ast deines Apfelbaums. Wenn der Ast nackt bleiben sollte, lass ich schon mal eine Zelle im Frauenknast für dich reservieren …«

»Und nun?«, fragte Karl-Dieter.

Mütze schaute zum Fenster hinaus. Die Nacht war hereingebrochen. Er beugte sich vor und sah zum Zimmer der Witwe hinunter. Das Zimmer war dunkel, das Fenster aber war gekippt.

»Nun wird Postbote gespielt«, sagte er.

NEUNUNDSECHZIGSTES KAPITEL

Leise schlich sich Mütze aus dem Haus und ging zur Gartenseite hinüber, wo ihm ein stiller Fluch entfuhr. Aus dem Schlafzimmer von Witwe Bolte drang plötzlich ein Lichtschein. Mütze versteckte sich hinter dem Stamm des alten Apfelbaumes. Zwar war es im Garten stockfinster, man konnte jedoch nicht vorsichtig genug sein. Im Schlafzimmer bewegte sich etwas, lief hin und her, so viel ließ sich durch die nur halb heruntergelassenen Jalousien erkennen. Was, wenn die Witwe dabei war, zu Bett zu gehen? Sollte er es dennoch wagen, ihr den Brief ins Zimmer zu werfen? Das Risiko, entdeckt zu werden, war gering. Bis sie ans Fenster gewackelt kam, war er längst verschwunden. Dennoch, lieber war es ihm, sie wäre nicht anwesend, wenn er den Briefträger machte. Und er hatte Glück, denn nun flammte im benachbarten Zimmer das Licht auf, im Bad. Das war seine Chance! Schnell lief er zum Fenster und warf den Brief durch den Schlitz. Und jetzt nichts wie weg!

SIEBZIGSTES KAPITEL

Abmarschbereit, in Schuhen und mit übergestreiften Jacken, hatten die Freunde ihren Beobachtungsposten bezogen, das Fenster, das zur Straße hinausging. Wenn sie richtig lagen, würde es nicht lange dauern, bis sich was rührte. Und tatsächlich! Keine Viertelstunde war vergangen, da hörten sie Geräusche im Flur, die Haustür wurde geöffnet und gleich darauf verschlossen.

»Hinterher!«, wisperte Mütze.

Der Himmel meinte es gut mit ihnen. Der Gewitterdunst war noch nicht abgezogen, dicht waberte es über Finsterfelde, und der Nebel dämpfte die Lichter der Gestirne. Die Witwe schien es eilig zu haben, in strammem Schritt stolzierte sie Richtung Dorf und bog dann in den Wiesenweg ein. Karl-Dieter staunte über ihr Tempo. Und das mit Stöckelschuhen! Nicht schlecht. Zum Spaß hatte er sich vor einiger Zeit selbst einmal High Heels bei Zalando bestellt und sie zu Hause anprobiert, natürlich, als Mütze unterwegs gewesen ist. Einige Male war er vor dem Spiegel auf und ab gestöckelt. Es sah zwar gut aus, war aber schrecklich unbequem, mit bedauerndem Gesicht hatte er die Dinger zurückgeschickt.

»Sie will zum Schneider, sollst sehen«, flüsterte Mütze.

Geduckt folgten sie ihr, liefen durch die Au, hinunter zur Dosse. Dort war der Nebel dichter, metallisch hart aber hämmerte es von der Behelfsbrücke, als die Witwe darüber lief.

»Komm! Wir laufen um die Schneiderei herum. Die Wohnräume liegen zur Gartenseite hinaus.«

Sie liefen so schnell, dass sie das Schneiderhaus noch vor der Witwe erreichten. Vorsichtig lugten sie über den Gartenzaun. Das Bild, das sich ihnen bot, erschütterte sie zutiefst. Die Panoramascheibe war nicht verdunkelt, rote Spots tauchten das Wohnzimmer in ein intensives Licht. In der Mitte des Raumes war man dabei, eine menschliche Pyramide zu errichten, eine Pyramide aus lauter nackten Leibern. Auf allen vieren knieten der Müller und der Schneider auf dem Teppich, auf ihren Rücken stand aufrecht wie ein Kunstreiter Lehrer Lämpel, während die Schneiderin auf seinen Schultern saß und kokett die Beine schwang. Der Schneider stützte sich nun ganz auf seine linke Hand, um mit der Rechten etwas an seiner auffallend dicken und sehr blauen Uhr zu verstellen. Die Pyramide geriet sogleich ins Wackeln, dennoch oder vielleicht gerade deswegen schien man einen Heidenspaß zu haben, besonders, als sich die Schneiderin Lämpels neue Meerschaumpfeife angelte und einen tiefen Zug daraus nahm.

»Widerlich«, entfuhr es Karl-Dieter.

Im selben Moment hörte man die Haustürglocke

schellen. Mit einem sportlichen Bocksprung flog die Schneiderin auf den Teppich, wodurch Lehrer Lämpel den Halt verlor und lachend zu Boden fiel. Die Schneiderin eilte zur Haustür, wenige Momente später kam sie zurück, hinter ihr her stöckelte Witwe Bolte in das Zimmer. Im Nu entstand eine heillose Verwirrung. Statt sich ein neues Spiel auszudenken, umringten die Nacktfrösche die Witwe, die ein Stück Papier auf den Teppich geworfen hatte.

»Unser Liebesbrief«, grinste Mütze.

Jetzt wurde es spannend. Wie würde die Bande reagieren? Offensichtlich waren alle in alles eingeweiht, warum um alles in der Welt hätte ihnen die Witwe sonst den Erpresserbrief gezeigt? Wusste jemand von den Nacktmenschen, wo Max und Moritz steckten? Hielt man die beiden Jungs vielleicht in der Schneiderei gefangen? Aber warum, zu welchem Zweck?

Durch das Fenster sah man die Gruppe wild diskutieren. Dann wiederum schwieg man ratlos, und starrte auf den Erpresserbrief, um sich gleich darauf wieder anzuschreien. Das ging solange, bis Lehrer Lämpel gebieterisch die Arme hob, da wurde es still. Als würde er vor seiner Schulklasse stehen, ging Lämpel dozierend auf und ab. Als er zu Ende gesprochen hatte, nickten alle. Schnell begannen die Artisten nun, in ihre Kleider zu schlüpfen.

Mützes Atem ging schneller. Jetzt war er gekommen, der Moment der Entscheidung. Gleich würden sie erfahren, ob sie mit ihrer List ins Schwarze getroffen hatten. Es sah gut aus, sehr gut sogar. Karl-Dieter knabberte vor Aufregung an den Nägeln. Mütze war einfach genial. Die Turnschuhe mussten sie zu Max und Moritz führen. Und doch spürte Karl-Dieter ein flaues Gefühl in der Magengrube. Dunkel begann er zu ahnen, dass das, was jetzt folgte, ziemlich unerfreulich werden konnte.

»Komm!«, zischte Mütze.

Die Freunde schlichen ums Haus herum, um hinter einem Fliederbusch die Brücke im Blick zu haben. Sie mussten nicht lange warten, dann wurde die Tür der Schneiderei geöffnet. Die Bande machte sich auf den Weg. Sie sahen fast aus wie Soldaten, alle hatten sich Hacken, Spaten und Schaufeln über die Schultern geworfen. So passierten sie die Behelfsbrücke und marschierten Richtung Dorf, Mütze und Karl-Dieter hinterher. Schaufeln und Spaten! Karl-Dieter spürte, wie ihm der Schweiß ausbrach. Seine schlimmsten Befürchtungen, sie wurden zur Gewissheit. Auch wenn er kaum mehr zu hoffen gewagt hatte, Max und Moritz lebendig zu finden, so war dieser Anblick doch von einer makabren Eindeutigkeit.

Die Prozession bog an einer Weggabelung ab und bewegte sich nun Richtung Friedhof. War es jetzt nicht an der Zeit, Verstärkung anzufordern? War es nicht gewagt, die Verbrecher alleine zu stellen? Gut, Mütze hatte seine Dienstwaffe, dennoch, jetzt in der Dunkelheit, wo alle mit Gartengeräten bewaffnet waren, war das nicht ein zu hohes Risiko? Mütze jedoch schien die Sache anders zu sehen und Karl-Dieter wagte nicht, ihm Vorschläge zu machen. Er war der Kommissar, er würde schon wissen, was richtig war. So schlichen sie in sicherem Abstand hinterher. Bald war der Friedhof erreicht, leise hörte man das Quietschen des Tores, Mütze hinterher, Karl-Dieter immer zwei Schritte hinter sich. Nur gut, dass sie die Örtlichkeit bereits gut kannten. Durch das Dunkel der Lebensbaumallee ging es weiter, hoch zum schwarzen Schatten der Kapelle. Dann schwenkte der Zug nach links ab.

»Sie wollen zu Boltes Grab«, flüsterte Karl-Dieter.

Ist er zu laut gewesen? Plötzlich hielt die Prozession an, man sah sich um, lauschte in die Nacht. Die Freunde hielten den Atem an, zum Glück schien man keinen Verdacht geschöpft zu haben, jetzt trat alles an Boltes Grab heran. Die Witwe war die Erste. Tief rammte sie den Spaten in die Erde, dann folgten die anderen ihrem Beispiel. Man hörte Erde fliegen, dann und wann Eisen scharf gegeneinander stoßen. Licht zu machen, trauten sich die Grabschänder nicht, wären die flackernden roten Friedhofslichter nicht gewesen, sie hätten in vollkommener Dunkelheit graben müssen.

Mütze und Karl-Dieter hielten sich im Schatten der Kapelle versteckt. Karl-Dieter verstand nicht, warum Mütze weiter wartete. Es war doch sonnenklar, was dort vor sich ging. Diese Mörder! Offensichtlich hatten sie die armen Jungs im Grab des Vaters verbuddelt, mitsamt ihrer Kleidung. Der Erpresserbrief hatte sie aufgescheucht, Mütze hatte ins Schwarze getroffen. Doch warum unternahm er nichts? Warum wartete er weiter ab? Warum zog er nicht seine Dienstwaffe, ging lässig auf die Verbrecher zu: »Hände hoch!« und das war's. Dann würden die Handschellen klicken, einen würden sie an den anderen binden, eine lustige Reihe würde das geben. »Komm schon. Mütze, pack sie dir!« Angeekelt sah Karl-Dieter zum Grab hinüber. Musste das noch sein? Mussten die Leichen tatsächlich von der Bande ausgegraben werden? Das könnte doch später die Spusi übernehmen. Nun hielten die Totengräber inne. Sie schienen auf etwas gestoßen zu sein. Karl-Dieter spürte, wie ihm übel wurde. Endlich schien es auch Mütze zu reichen. Entschlossen griff er in seine Schimanskijacke und zog seine Dienstwaffe hervor.

»Warte hier auf mich!«, flüsterte er Karl-Dieter zu und wollte los, da sauste etwas auf ihn nieder und er verlor das Bewusstsein.

EINUNDSIEBZIGSTES KAPITEL

Über einen Friedhof zu laufen, um sein Leben zu laufen, zu rennen wie noch nie. Karl-Dieter sah sich nicht um, sondern stürmte einfach drauflos, sprang über Gräber, eilte Treppenstufen hinab, stieß an ein Kreuz, stolperte über eine Bank, rappelte sich auf, spürte den Atem seines Verfolgers im Nacken. Weiter, immer weiter! Zur Mauer und mit einem Sprung über sie hinüber, das war sein einziger Gedanke, nur weg, schnell weg vom Friedhof. Mütze, Mensch, Mütze! Karl-Dieters Kopf pochte wie verrückt. Wenn es ihm nicht gelang, Hilfe zu holen, war es um den Freund geschehen. Die Mauer war erreicht, nur schnell hinüber! Karl-Dieter griff nach den oberen Steinen, rutschte ab, versuchte es erneut, rutschte ein zweites Mal ab. Entsetzt sah er sich um, sah das Blitzen eines Spatens, sah, wie der Schatten hinter ihm ausholte …

Da kam es vom Feld über die Mauer gesprungen, ein weißer Blitz, ein zweiter, ein dritter! Sie flogen direkt auf den Schatten zu, bissen wütend nach ihm. Ein Schrei und der schwarze Schatten stürzte zu Boden, ein weiterer Schrei und der Spaten entglitt ihm, Karl-Dieter griff danach und schlug zu, mit der platten Seite nach dem Kopf seines Verfolgers, einmal, zweimal, dreimal.

ZWEIUNDSIEBZIGSTES KAPITEL

Ich hatte ihnen helfen wollen, meinen Freunden. Auch das kalte Gold hat seinen spezifischen Geruch, natürlich nur für eine Spürnase wie mich. Ich wusste, sie sind los, sind zum Hof von Bauer Mecke, um das Beweisstück zu sichern, den Goldbarren aus dem Sauerkrautfass. Mit meiner Hilfe würden sie das Gold finden, so meine Überlegung. Also zischte ich los, bin über Wiesen und Felder geflitzt, hab alles gegeben und bin doch zu spät gekommen. Als ich am Hof eintraf, sah ich sie gerade mit dem Auto davonfahren, sah den Dorfpolizisten sein Fahrrad abstellen, hörte die Hofhunde wütend bellen.

Eigentlich hätte ich umkehren müssen, was sollte ich noch hier? Eine geheime Macht aber hielt mich fest. Der verlogene Dorfpolizist, sicher war auch er auf der Suche nach dem Goldbarren, wollte das Beweisstück verschwinden lassen. Doch die Größe des Hofes schien ihn zu überfordern, wenig später schon schwang er sich unverrichteter Dinge auf sein Rad und eierte davon, das Gebrüll der Hofhunde im Rücken.

Vorsichtig näherte ich mich dem Zaun. Das Gebell nahm an Stärke zu, die Biester schienen mich zu wittern. Dann jedoch geschah etwas Seltsames. Plötzlich wurde es still, nicht der kleinste Beller mehr, nichts, stattdessen höre ich ein süßes Fiepsen und Winseln. Ich dichter an den Zaun heran, spähte durch die Latten.

Da sah ich sie. Sie blickten mir direkt ins Gesicht, mit großen, erstaunten Augen.

Und dann, ja dann begannen ihre Schwänze wie verrückt zu wedeln, sie fiepten mich an, flehentlich, bettelnd. Und wie ich sie mir genauer ansehe, fällt es mir wie Schuppen von den Augen. Diese Augen, die Augenbrauen, der ganze Gesichtsausdruck! Rund und gutmütig der eine, spitzer, geradezu spitzbübisch der andere. Kein Zweifel! Das waren sie, das waren meine Söhne, das waren Max und Moritz! Konnte das sein? Auch sie wiedergeboren! Nun hielt mich nichts mehr. Mit einem Satz sprang ich über

den Zaun und lief ihnen entgegen. War das ein Wiedersehen! Wie haben wir uns miteinander im Kreis gedreht, wie sind wir aneinander hochgesprungen, wie haben wir uns in die Hälse gezwickt. Schließlich haben sich die beiden vor mir auf den Rücken geworfen, haben sich hin und her gewälzt, haben mir ihre Hälse dargeboten, und ich, ich habe sie über und über abgeschleckt. Wir waren wieder vereint! Die Familie, sie war wieder zusammen. Plisch und Plum, meine Jungs, meine gute Jungs! Plisch, mein Moritz, und Max, mein Plum!

Auf Anhieb haben wir uns verstanden, jeder Beller, jedes Jaulen, jeder noch so kleine Fipston gab einen Sinn. Die Hundesprache, sie ist universell. Und so begannen Plisch und Plum sogleich damit, mir alles zu erzählen, und ich erzählte ihnen, wie es mir ergangen ist. Wie wuchs dabei unser Ärger, wie wuchs unsere Wut. Sofort waren wir uns einig, egal, wie gefährlich es sein möge, egal, in welcher Gestalt wir beim nächsten Mal zur Welt kamen, das Verbrechen musste ans Licht, meine verlogene Frau und ihre Spießgesellen durften nicht ungeschoren davonkommen. Das schworen wir uns. Mütze und Karl-Dieter waren unsere Hoffnung. Mit ihrer Hilfe konnten wir es schaffen, die Mörder unserer menschlichen Gestalt zu überführen, wir mussten dringend zu ihnen. Noch aber hingen Plisch und Plum an ihren Ketten. Das war das Schwierigste, was erledigt werden musste, ihre Halsbänder durchzunagen.

Sofort machte ich mich an die Arbeit. Es war ein zähes Gewürge und Gezerre. Die Halsbänder waren aus gebeiztem Hirschleder und zäh, furchtbar zäh. Es zog sich hin, zog sich über Stunden. Meine Jungs waren so geduldig, hatten Verständnis, wenn ich mal eine Pause einlegte, mir den Mund ausspülen musste. Fast ging einer meiner Reißzähne drauf, das Zahnfleisch fing schon an zu bluten, als ich endlich Moritz befreite. Dann war Max an der Reihe. Plisch, also Moritz, half mir sehr. Wenn ich nicht mehr konnte, wenn mir der rote Saft aus dem Maule troff, machte Moritz weiter. Es war bereits dunkle Nacht, dann endlich riss die letzte Faser, auch Max war frei.

Sofort machten wir uns auf den Weg zum Dorf, liefen zunächst zur Pension. Dort war alles dunkel, kein Licht war zu sehen, weder im Zimmer von Mütze und Karl-Dieter, noch im Zimmer meiner lieben Klothilde. Schnuppernd liefern wir ums Haus und nahmen Witterung auf. Meine Jungs, ich war so stolz auf sie! Sie sind die Ersten, die die Spur erschnüffelten. Jawohl, es gab frische Spuren! Sowohl von Klothilde als auch von unseren Freunden. Die Nasen dicht am Boden folgten wir eilig Mützes und Karl-Dieters Spuren, sie führten Richtung Dorf, zum Friedhof … Uns wurde mulmig zumute. Mit dem Friedhof hatten wir die denkbar schlechtesten Erfahrungen gemacht. Nun witterten wir noch etwas anderes, witterten Klothilde und noch etwas, den Geruch des Müllers, des Lehrers, ja, und auch des Schneiderpärchens. Der Friedhof! Sollte hier das große Finale stattfinden?

Einen Moment blieben wir unschlüssig stehen. Nur Vorsicht jetzt, nichts kaputt machen! Wenn Mütze und Karl-Dieter der Bande auf den Fersen waren, müssten wir uns zurückhalten, dürften sie nicht dabei stören, die Mörder zu überführen. So entschlossen wir uns, zunächst eine Runde um die Friedhofsmauer zu machen, um die Lage zu erkunden. Wir waren kaum um die südliche Ecke gebogen, da sahen wir Karl-Dieter auf der anderen Seite angekeucht kommen, er wollte über die Mauer, strauchelte, fiel, ein Mann tauchte über ihm auf, holte mit dem Spaten aus. Im selben Augenblick sprangen wir los, sprangen hinüber, ach was, sprangen! Wir flogen hinüber, stürzten uns auf den Mann, zu dritt, rissen ihn zu Boden, verbissen uns in seine Kleider. Er wollte sich wehren, schlug nach uns, Moritz verbiss sich in seine Hand, er verlor den Spaten, Karl-Dieter reagierte blitzschnell, griff sich das Ding, schlug nach dem Mann, schlug ihn bewusstlos.

»Weiter!«, rief er uns zu, »rettet Mütze!« Wir verstanden, stürmten voran, witterten Mütze bereits. Man hatte ihn zum Grab geschleppt, vier Beine schauten daraus hervor, an einem noch ein Turnschuh, die anderen nackt, im Gras daneben drei weitere Schuhe. An dem vierten zerrte die Witwe mit irrem Gesicht, dicht daneben das Schneiderpärchen und der Müller, dann fuhren wir dazwischen. War das ein Getüm-

mel und Geschrei! Wir bissen sie in die Waden, sprangen an ihnen hoch, erwischten ihre Hände und Arme, wirbelten an ihnen herum. Sie fluchten und schimpften, gerieten in Panik, griffen zu Spaten und Schippe, schlugen drauf los, trafen sich gegenseitig, selten auch uns. Wir spürten den Schmerz nicht, er heizte unsere Wut nur an. Dann kam Karl-Dieter, den Spaten in der Hand, erwischte den Schädel des Schneiders, vom Schlag getroffen, ging der Kerl zu Boden. Der Müller wollte sich auf ihn stürzen, da stand plötzlich Mütze da. Er hatte sich erhoben, sah, was vor sich ging, ballte die Faust und streckte den Müller nieder, dann Lämpel. Zitternd hoben die Frauen die Arme, rufen: »Wir ergeben uns!« Erleichtert umarmte Karl-Dieter Mütze, schien es nicht glauben zu können, dass der Freund noch lebte. Wir hatten sie, hatten gewonnen! Die Gerechtigkeit, sie hatte gesiegt.

DREIUNDSIEBZIGSTES KAPITEL

Eine Kaffeetafel bei Tante Dörte war immer schon etwas Besonderes. Bei Tante Dörte gab es zur Kaffeetafel stets dieselben Köstlichkeiten, das Beste, das der Ruhrpott zu bieten hat: neben Marmorkuchen und Kalter Schnauze eine Flasche Kognak, saure Gurken, selbst eingelegte Soleier mit Senf, Frikadellen und natürlich eine Platte belegter Brötchen, was besonders Mütze schätzte. Kräftig griff er zu. Gab es etwas Leckeres als ein Brötchen dick mit Butter bestrichen und mit *Aldi*-Salami und Käse gepflastert? Fürs Auge eine Gurkenscheibe obendrauf und ein Fläschken Pils zum Nachspülen, perfekt! Am Essen aber lag es nicht, dass die heutige Kaffeetafel eine ganz besondere war. Es lag an drei besonderen Gästen, an den drei Hunden: dem Spitz, Plisch und Plum. Auch für sie hatte Tante Dörte gesorgt und ihnen nicht nur leckere *Frolic*-Snacks hingestellt, sondern auch ein *Chappi*-Menü, mit untergemischten Haferflocken und einem Bio-Ei.

»Und du bist dir sicher, Tante Dörte, dass du sie alle drei bei dir aufnehmen willst?«

»Aber sicher, Karl-Dieter, sieh doch, sind sie nicht ein Herz und eine Seele?«

Bei diesen Worten kraulte sie den Spitz hinter den Ohren, während Plisch und Plum ihre Köpfchen auf die ausgestreckten Vorderpfoten legten und sie treuherzig ansahen. Karl-Dieter musste lächeln. Von Tante Dörte konnte man vieles lernen. Das Leben, es hatte ihr keine Kinder geschenkt, keine eigenen, aber sie hatte nicht resigniert, sondern das Beste daraus gemacht. All die Liebe, die sie in sich trug, hat sie nicht in sich verschlossen, sondern hat sie verschenkt, verschenkt an Kinder, die so dringend nach Liebe dürsteten. An ihn, dessen Mutter, alleinerziehend und den ganzen Tag arbeitend, keine Zeit für ihn gehabt hatte, an Max und Moritz, deren Mutter so früh gestorben war, und nun eben an Plisch und Plum und an den Spitz, die Waisenhunde. Bestand darin nicht die eigentliche Kunst des Lebens? Nicht Trübsal zu blasen, nicht mit seinem Schicksal zu hadern, sondern die ganze Energie, die uns das Leben schenkt, fließen zu lassen, sie Menschen zu schenken, die ihrer bedurften. Das war Tante Dörte. Eine Philosophin, eine Lebenskünstlerin, ohne es zu wissen. Aber vielleicht war es ja gerade das, was den echten Philosophen ausmachte: Er wusste selbst nicht, dass er im Besitz der Weisheit war.

»Und Klothilde hat tatsächlich gestanden?«

»Das alles und noch viel mehr. Die Beweislast ist aber auch erdrückend gewesen. Zunächst war sie etwas schweigsam, dann haben wir sie mit der GPS-Uhr ihres verstorbenen Gatten konfrontiert, die Daten sprachen eine eindeutige Sprache.«

»Wirklich? Die Uhr hatte ich Erwin geschenkt. Sie sollte ihm helfen, etwas für seine Gesundheit zu tun.«

»Nun hat sie uns geholfen, seinen Tod zu klären.«

»Klothilde hat ihn tatsächlich ermordet?«

»Gemeinsam mit ihren sauberen Freunden. Das hat die Gerichtsmedizin eindeutig festgestellt. Regelmäßig traf sich Klothilde Bolte beim Schneider, jeden zweiten Sonntag, nachts ab zehn Uhr. SC hatte sie dann im Kalender notiert, SC für Swinger-Klub. Eines Abends hat ihr Mann ihr Treiben dort beobachtet, sie haben ihn erwischt, das ist es gewesen.«

»Wie haben sie ihn getötet?«

»Das möchtest du nicht wissen, Tante Dörte.«

Die Tante schüttelte betrübt den Kopf.

»Diese Verbrecher! Dabei hatte er so viele Pläne für Finsterfelde! Er wollte ihnen ein Spaßbad spendieren, ein öffentliches Behindertenklo und für die Nachrichten aus der Gemeinde eine digitale Anzeigentafel.«

»Auch seine Großzügigkeit ist ihm zum Verhängnis geworden. Die Finsterfelder fürchteten, dass sich all die schönen Pläne nach der Enttarnung ihres Swinger-Klubs in Luft auflösen würden.«

»Und Max und Moritz?«

»Sind den Gaunern auf die Schliche gekommen. Leider nicht unbemerkt, darum mussten sie sterben.«

Eine Gesprächspause trat ein. Mit melancholischem Gesicht schenkte Tante Dörte den Freunden Kaffee nach.

»Was geschieht mit ihren sterblichen Überresten? Ich meine, dürfen sie bei ihrem Vater ruhen?«

»Das geht sicher in Ordnung.«

»Und das alles nur wegen des dummen Geldes. Kann man's glauben? Und selbst der Dorfpolizist hing mit drin?«

»Der Dorfpolizist, der Oberschurke!«

Mütze griff sich an die Schläfe, wo es noch immer schmerzte.

»Er ist erst später am Friedhof angelangt, muss uns gesehen haben, wie wir im Schatten der Friedhofskapelle gestanden haben, und hat mich niedergeschlagen. Gut, dass Karl-Dieter noch so schnell rennen kann!«

»Und dass die Hunde gekommen sind«, ergänzte Karl-Dieter.

»Der Dorfpolizist, aber auch der Müller, das Schneiderpärchen und selbst Lehrer Lämpel, alle sind überführt. Unklar ist lediglich die Rolle des Bäckers.«

»Sogar der Bäcker?«

»Wir wissen bislang nur, dass er als Beobachter eingeschaltet worden ist. Aber ein Pamphlet macht ihn hochverdächtig.«

»Ein Pamphlet?«

»Schau her, Tante Dörte!«

Mütze schob die Platte mit den wurstigen Käsestullen beiseite, zog einen Zettel aus der Schimanskijacke und strich ihn auf der Kaffeetafel glatt.

In der schönen Osterzeit
Wenn die frommen Bäckersleut
Viele süße Zuckersachen
Backen und zurechte machen,
Wünschten Max und Moritz auch
Sich so etwas zum Gebrauch.

Doch der Bäcker, mit Bedacht,
Hat das Backhaus zugemacht.

Also, will hier einer stehlen,
Muss er durch den Schlot sich quälen.

Ratsch! da kommen die zwei Knaben
Durch den Schornstein, schwarz wie Raben.

Puff! sie fallen in die Kist,
Wo das Mehl darinnen ist!

Da! nun sind sie alle beide
Rundherum so weiß wie Kreide.

Aber schon mit viel Vergnügen
Sehen sie die Brezeln liegen.

Knacks! da bricht der Stuhl entzwei;

Schwapp! da liegen sie im Brei.

Ganz von Kuchenteig umhüllt,
Stehn sie da als Jammerbild.

Gleich erscheint der Meister Bäcker
Und bemerkt die Zuckerlecker.

Eins, zwei, drei, eh man's gedacht,
Sind zwei Brote draus gemacht!

In dem Ofen glüht es noch
Ruff! damit ins Ofenloch!

Ruff! man zieht sie aus der Glut;
Denn nun sind die Brote gut!

Jeder denkt, die sind perdü!
Aber nein – noch leben sie.

Knusper, knasper! wie zwei Mäuse
Fressen sie durch das Gehäuse;

Und der Meister Bäcker schrie:
»Ach herrje, da laufen sie!«

Dieses war der sechste Streich,
Doch der letzte folgt sogleich.

Tante Dörte wurde blass und schlug die Hände über dem Kopf zusammen.

»Dieser Verbrecher! Ist das etwa kein Mordversuch? Max und Moritz so etwas anzutun! Bloß, weil sie hungrig waren? Warum muss der Bäcker nicht auch in den Knast?«

»Es fehlen die Beweise. Wir suchen noch nach dem Zeugen, der all das aufgeschrieben hat. Vermutlich handelt es sich um den Mann, der im *Großen Kurfürst*, dem Wirtshaus von Finsterfelde, stets verdächtig vor sich herumgekritzelt hat. Ein Phantombild von ihm haben wir schon anfertigen lassen, willst du's sehen?«

»Aber natürlich!«

Mütze griff in eine weitere seiner an Taschen überreichen Jacke und zog eine Zeichnung hervor.

»Wenn wir den Zeugen gefunden haben, geht es auch dem Bäcker an den Kragen!«

»Darauf einen Dujardin!«, rief die Tante lachend, während die Hunde an ihr hochsprangen. »Ihr bleibt doch noch zum Abendessen?«

»Was gibt es denn?«

»Hühnerfrikassee!«

Lachend hoben Mütze und Karl-Dieter ihre Gläser.

»Und lange schallt's im Ruhrpott noch, Tante Dörte lebe hoch!«

ANHANG

Max und Moritz haben ihren zeichnenden »Vater« berühmt gemacht. Wie aber ist Wilhelm Busch die Idee zu der Bildergeschichte gekommen, wie, wo und wann sind Max und Moritz entstanden? Darüber hat sich der Autor dieses Krimis bereits vor einiger Zeit Gedanken gemacht und die Ergebnisse seiner Recherchen in einer Erzählung zusammengefasst. Sie erschien in dem Band *Der Bär der Buddenbrooks – Münchner Literaturgeschichten.* (Der Abdruck erfolgt mit freundlicher Genehmigung des Mönau-Verlags.)

ÜBER DIE GEBURT VON MAX UND MORITZ IM JAHRE 1864

Das ewige Kikeriki und Hühnergegacker! Hat man denn nirgends seine Ruh? Wilhelm Busch dreht sich ächzend zur Seite. Wie spät mag es sein? Sicher erst früh am Morgen. Ärgerlich zieht er sich die Decke über den Kopf und will weiterschlafen. Das Münchner Bier gestern hat ihm wieder zu gut geschmeckt. Lange sind sie noch beieinander gesessen, er und seine Freunde vom Künstlerverein *Jung-München*. Wieder hatte er sie zeichnen müssen, niemand konnte das so gut wie er! Mit wenigen Strichen erfasste er stets das Typische seines Gegenübers, übertrieb es auch, überzeichnete dessen Schwächen und machte ihn gerade darum für alle kenntlich. Die Nase zu spitz, das Kinn zu schmal, die Stirn in wilde Falten gefurcht. Alle lachten darüber, selbst das Opfer!

Erneut kräht der Hahn, und Wilhelm Busch kratzt sich unwillig den brummenden Schädel. Eigentlich ist er ja nach München gekommen, um sich an der Königlichen Akademie der schönen Künste zum ernsthaften Maler ausbilden zu lassen. In Antwerpen, ebenfalls auf der Akademie, hatte er hoffnungsvoll damit begonnen, wie die alten Niederländer zu malen, aber hier in München verspotteten sie ihn deswegen. Und so verdient er nun sein Geld damit, Bildergeschichten für die *Fliegenden Blätter* und den *Münchner Bilderbogen* in Holzstempel zu ritzen und zu schaben. Und selbst der große Kaulbach lobte ihn kürzlich dafür!

– Kikeriki! – Schon wieder dieses dumme Federvieh! Das ist ja wie auf dem Lande hier! Und dabei wohnt er gleich am Bahnhof. Nein, München ist wirklich keine Stadt, eher ein zu groß geratenes Dorf. Hühnerhaltung gleich neben den Gleisen! Wilhelm Busch macht einen letzten Versuch, in den Schlaf zu finden, dann gibt er es auf. Lauter noch gackern jetzt die Hühner. Ärgerlich erhebt er sich aus seinen Kissen und schaut zum Fenster hinaus. Tatsächlich! Wieder die Witwe von nebenan, die ihre Hühner füttert. Aufgeregt scharren die gierigen Viecher um ihre Beine herum, während der Hahn wie wild auf dem Misthaufen kräht. Wie gerne würde er den Quälgeistern den Hals umdrehen! Gleich heute noch wird er zu einem Besuch in seine niedersächsische Heimat reisen, an vernünftige Arbeit ist hier in München doch nicht zu denken. Abends die bierseligen Künstlerfreunde und morgens das lästige Federvieh!

Daheim in Wiedensahl. Flaches Land, heckendurchzogen, der Horizont sehr fern. Immer wieder zieht es ihn hierher zurück, atmet er die heimatliche Luft, die oft schon nach der Nordsee schmeckt. Das Elternhaus mit dem tief gezogenen Dach, der Vater, der Krämer, der es mit seinem unendlichen Fleiß und seiner noch größeren Sparsamkeit zu einem kleinen Wohlstand gebracht hat, und dessen Enttäuschung über die Berufswahl seines Sohnes zum Glück mit der Zeit kleiner geworden ist. Die stille Stube, nur Papier und das Tintenfass auf dem Tisch, mehr braucht es nicht. Wilhelm Busch sieht aus dem Fenster, sieht den nahen Bach mit der kleinen Holzbrücke darüber, das Haus auf der anderen Seite mit dem zänkischen Ehepaar darinnen. Er schließt die Augen und denkt zurück an seine Kindheit.

Der Abschied vom Elternhaus. Neun Jahre ist er erst und soll schon fort. Zum Bruder der Mutter geht die Fahrt. Sein Onkel ist evangelischer Pastor in Ebergötzen im Solling. Mulmig ist dem Knaben zumute, aber er trifft es gut. Der Onkel ist ein feingeistiger, aufgeklärter Mann. Er unterrichtet seinen Neffen selber, zeigt ihm auch die Kunst der Naturbeobachtung und wie man Bäume und Tiere skizziert. Nein, kein strenger Erzieher ist er, lässt dem Jungen viele Freiheiten und Zeit zum Herumstromern. Gutmütig sieht er über manchen Streich hinweg, nur einmal, da schimpft er Wilhelm schrecklich, droht ihm sogar Prügel an. Zornesrot ist er geworden, als er von der Sache erfuhr. Was war passiert? Zum Dorftrottel hatte Wilhelm sich geschlichen und diesem scheinheilig eine Pfeife angeboten. Die Pfeife aber hatte er nicht mit Tabak, sondern mit Pferdehaaren gestopft. Aus sicherer Entfernung hatte er dann zugesehen, wie sich der Arme rasch in eine bestialisch stinkende Rauchwolke einnebelte. Der Schwachsinnige aber schien zu des Jungen Missvergnügen den Schwindel nicht zu bemerken und paffte fröhlich grinsend weiter. Das nächste Mal werde ich wohl Pulver nehmen müssen, dachte sich Wilhelm verärgert und schlich nach Hause, wo er seine Strafpredigt erhielt.

Eingebacken. Den feuchten, kühlen Schlamm auf dem mageren Knabenkörper verteilt, eine braune Masse, die nach Fluss riecht und nach Torf. Nichts ist mehr zu sehen von der frühlingshellen Haut. Füße, Beine, Rumpf und Hals, ja, selbst der Kopf ist bedeckt mit der nassen, schweren Modde. Das Schwierigste waren zum Schluss die Arme, die er nun eng an seinen Körper gelegt hat. Jetzt sich nur nicht mehr bewegen, jetzt heißt es geduldig sein und warten, nur noch vorsichtig atmen, damit sie nicht bricht, die lehmige Hülle. Gedämpft hört er den Bach vorbeirauschen, an dessen Ufer sie liegen, er und sein Freund Erich.

Auch Erich ist ganz und gar mit Schlamm bedeckt, eine braune Mumie, nur noch die Nasenlöcher sind frei. Er kann jetzt nicht mehr zu Erich herüberblicken, darf den Kopf nicht wenden, alles wäre dann umsonst. So liegen sie da, die beiden Knaben, am Ufer des Baches, ausgestreckt auf ihren Rücken, die Gesichter zur Sonne gereckt, die heiß auf sie herab scheint und den Schlamm langsam zu trocknen beginnt. Lustig ist das und doch etwas unheimlich. Wird die Erde nicht zu hart, nicht zu trocken werden? Wird sie vielleicht zum Panzer, der nicht mehr zu sprengen sein wird?

– Ach was, unnütze Sorgen! Ist doch nur eine dünne erdige Kruste! Und doch, die Vorstellung, auf immer darin steckenbleiben zu müssen, jagt ihnen wonnevolle Angstschauer über den frierenden Körper. Vorsichtig wackelt Wilhelm mit dem Zeh. Kein Problem, zum Glück, er lässt sich mühelos bewegen. Weiter liegen sie regungslos da. Wie lange es dauern wird, bis die Hülle fest geworden? Wilhelm spürt, dass er Hunger bekommt. Wenn der Lehmmantel doch aus Schokolade wäre oder ein knuspriger Brotteig! Wie lustig müsste es sein, sich aus dem Gehäuse hinaus zu knabbern!

In der Mühle. Nirgends schläft er so gut wie hier bei seinem Freund Erich, dem Müllerssohn. Draußen fließt der Mühlbach vorbei, von dem sie jede Biegung kennen, jedes Versteck der Bachforellen, jede Baumwurzel, die in das Flussbett hineinragt. Bäuchlings ins Ufergras gelegt und mit der Hand entschlossen ins kühle Wasser gelangt. Wer fängt mehr Forellen von uns beiden, du oder ich? Schon zappelt die nächste in der harten Kinderfaust, wirft ihren schlanken Körper angstvoll hin und her, bis der Junge sie wieder freigibt und zurück ins kalte Wasser wirft.

Den ganzen Tag können sie am Bach entlang laufen, Fische fangen oder Staudämme bauen. Abends liegen sie dann in der Kammer und wenn ihre Gespräche verstummt sind und alle Pläne für den nächsten Tag geschmiedet, dann lauscht Wilhelm auf die immer gleichen Geräusche der Mühle, deren dumpfes Rumpelpumpel das Rauschen des Baches übertönt. Stetig geht es im Kreis umher, ächzt und stöhnt das Mahlwerk, quietscht die schwere Welle, schaben die Mühlsteine gegeneinander. Klein und klitzeklein wird alles gemahlen, was in den großen Trichter hineingerät. Knochen sogar soll man mahlen können, hat ihm Erich zugeflüstert und, dass sein Vater ihn einmal, als er sich über einen aufgeschnittenen Mehlsack geärgert hatte, über dem Trichter hatte zappeln lassen. Mit leichtem Gruseln wickelt sich Wilhelm enger in seine Decke. Was würde geschehen, wenn ein Mensch dort hineingeriete?

Wilhelm Busch öffnet die Augen wieder und taucht die Feder ein. Mit schnellem Strich entstehen zwei fröhliche Bubengesichter, nett und freundlich lächeln sie uns an, so, als könnten sie kein Wässerchen trüben. In rascher Folge entsteht nun eine Bildergeschichte, eine Bubengeschichte in sieben Streichen. Morgen fährt er zurück nach München, dort wird er die Texte zu den Zeichnungen schreiben. Mal sehen, was sein Verleger dazu sagen wird und die Freunde vom Künstlerstammtisch. Die Geschichte scheint ihm recht hübsch geraten.

WIE ES MIT MAX UND MORITZ WEITERGING

Man könnte meinen, der Verleger habe vor Entzücken glänzende Augen bekommen und sogleich mit dem Druck begonnen. Dem war nicht so. Heinrich Richter hatte bereits Wilhelm Buschs *Bilderpossen* herausgegeben, das 1864 erschienene Buch aber floppte, die Geschichten, grausamer noch als Heinrich Hoffmanns *Struwwelpeter*, wollte keiner kaufen, erst recht nicht als Weihnachtsgeschenk. Als der Verleger nun das Manuskript von *Max und Moritz* in den Händen hielt, wurde er noch verlegener. Er bat seinen Vater, Ludwig Richter, den berühmten Buchillustrator, um sein Urteil, welches vernichtend ausfiel. »Leute, die an so etwas Vergnügen haben, kaufen keine Bücher.«

Da stand er da, der arme Wilhelm Busch, arm durchaus im wörtlichen Sinn, war er doch auf den Verkauf seiner Geschichten finanziell angewiesen. Es wird ihn einige Überwindung gekostet haben, bei seinem früheren Verleger Kaspar Braun anzuklopfen, dem Herausgeber der *Münchner Bilderbogen*, mit dem er massiv unzufrieden gewesen ist. »Mein lieber Herr Braun! Ich schicke Ihnen nun die Geschichte von Max und Moritz, die ich zu eigenem Nutz und Plaisir auch gar schön in Farbe gesetzt habe, mit der Bitte, das Ding recht freundlich in die Hand zu nehmen und hin und wieder ein wenig zu lächeln ...«

Kaspar Braun bewies Größe und zugleich den rechten Spürsinn. Er sagte sofort zu. Für das hübsche Sümmchen von 1.000 Gulden erwarb er die Rechte an *Max und Moritz*. Wilhelm Busch zeichnete die Geschichte auf Holzdruckstöcke, im Oktober 1865 lagen die ersten Bände auf den Ladentischen. 4.000 Exemplare, versehen mit einem schlichtem Pappeinband, so hoch war die erste Auflage. Anfangs lief der Verkauf schleppend. Drei Jahre dauerte es, bis neu gedruckt werden musste, dann jedoch ging es Schlag auf Schlag. 1908, in Wilhelm Buschs Todesjahr, erschien bereits die 56. Auflage, mehr als 430.000 Bücher hatten ihre Liebhaber gefunden. Sollte sich auf Ihrem Speicher noch eine Erstauflage finden, gehen Sie sorgsam damit um. Bei einer Auktion wurden schon 125.000 Euro dafür gezahlt.

Interessant ist, wie unterschiedlich das Urteil zu *Max und Moritz* ausfiel. Ähnlich wie bei anderen anarchischen Kinderbüchern, wie zum Beispiel *Pippi Langstrumpf*, war die pädagogische Welt zunächst entsetzt. Eine Kritik aus dem Jahr 1870: »In sechs Fällen kommen die holden Jungen stets ungeahndet davon, obgleich ihre Streiche von der allerschlimmsten Art sind. Der siebente zieht eine spaßhaft übertriebene Strafe nach sich. Doch das nur nebenbei. Die Verse könnten geändert werden, und ich würde das Ganze doch immer gleichmäßig verkehrt finden, weil in den vortrefflichen Illustrationen alles Achtenswerte schon durch die verzerrende Zeichnung spottwürdig erscheint. Die Witwe, der Onkel, der Lehrer, der Schneider usw. erscheinen durch den grotesken Aufputz der Karikatur als erbärmliche Vogelscheuchen, welche auf alle Weise den Spott herausfordern. Dass Kinder eine derartige Darstellung sehr nach ihrem Geschmack finden, ist nicht zu bezweifeln. Aber das beweist eben nur, dass hier die Gefahr auch deshalb eine doppelte ist, weil das noch schwankende sittliche Normverhältnis zum Achtenswerten dem Kind nur einen leicht zu erschütternden Schutz gewährt.« (Julius Duboc)

In der Steiermark verbot die Schulbehörde gar den Verkauf an Jugendliche unter 18 Jahren. Heute kann man sich an den Streichen von Max und Moritz sogar in lateinischer Sprache erfreuen, sie treiben auf Japanisch ihr Unwesen, auf Altgriechisch und in geschätzt 300 weiteren Sprachen und Dialekten.

PLISCH UND PLUM

Neben Max und Moritz spielen auch Plisch und Plum in diesem Krimi eine wichtige Rolle. Deshalb seien auch ihre Abenteuer hier noch mal im Original abgedruckt. Auch bei ihnen sind zunächst die Zeichnungen entstanden, bevor der Urvater des modernen Comics die treffenden Verse dazu dichtete. *Plisch und Plum* erschienen 1882, also 17 Jahre später als *Max und Moritz*.

PLISCH UND PLUM

ERSTES KAPITEL

Eine Pfeife in dem Munde,
Unterm Arm zwei junge Hunde
Trug der alte Kaspar Schlich. –
Rauchen kann er fürchterlich.
Doch, obschon die Pfeife glüht,
Oh, wie kalt ist sein Gemüt! –
»Wozu« – lauten seine Worte –

»Wozu nützt mir diese Sorte?
Macht sie mir vielleicht Plaisir?
Einfach nein! Erwidr' ich mir.
Wenn mir aber was nicht lieb,
Weg damit! ist mein Prinzip.«

An dem Teiche steht er still
Weil er sie ertränken will.
Ängstlich strampeln beide kleinen
Quadrupeden mit den Beinen;
Denn die innre Stimme spricht:
Der Geschichte trau ich nicht! –

Hubs! fliegt einer schon im Bogen.
Plisch! – da glitscht er in die Wogen.

Hubs! der zweite hinterher.
Plum! damit verschwindet er.

»Abgemacht!«, rief Kaspar Schlich,
Dampfte und entfernte sich.

Aber hier wie überhaupt,
Kommt es anders, als man glaubt.
Paul und Peter, welche grade
Sich entblößt zu einem Bade,
Gaben stillverborgen acht,
Was der böse Schlich gemacht.

Hurtig und den Fröschen gleich
Hupfen beide in den Teich.

Jeder bringt in seiner Hand
Einen kleinen Hund ans Land.

»Plisch« – so Paul – »so nenn ich meinen.«
Plum – so nannte Peter seinen.

Und so tragen Paul und Peter
Ihre beiden kleinen Köter
Eilig, doch mit aller Schonung,
Hin zur elterlichen Wohnung.

ZWEITES KAPITEL

Papa Fittig, treu und friedlich,
Mama Fittig, sehr gemütlich,
Sitzen, Arm und Arm geschmiegt,
Sorgenlos und stillvergnügt
Kurz vor ihrem Abendschmause

Noch ein wenig vor dem Hause,
Denn der Tag war ein gelinder,
Und erwarten ihre Kinder.

Sieh, da kommen alle zwei,
Plisch und Plum sind auch dabei. –

Dies scheint aber nichts für Fittig.
Heftig ruft er: »Na, da bitt ich!«
Doch Mama mit sanften Mienen,
»Fittig!!« – bat sie – »gönn es ihnen!!«

Angerichtet stand die frische
Abendmilch schon auf dem Tische.
Freudig eilen sie ins Haus;
Plisch und Plum geschwind voraus.

Ach, da stehn sie ohne Scham
Mitten in dem süßen Rahm
Und bekunden ihr Behagen
Durch ein lautes Zungenschlagen.

Schlich, der durch das Fenster sah,
Ruft verwundert: »Ei, sieh da!

Das ist freilich ärgerlich,
Hehe! aber nicht für mich!!«

DRITTES KAPITEL

Paul und Peter, ungerührt,
Grad als wäre nichts passiert,
Ruhn in ihrem Schlafgemach;
Denn was fragen sie danach.
Ein und aus durch ihre Nasen
Säuselt ein gelindes Blasen
Plisch und Plum hingegen scheinen

Noch nicht recht mit sich im Reinen
In betreff der Lagerstätte.

Schließlich gehn auch sie zu Bette.

Unser Plisch, gewohnterweise,
Dreht sich dreimal erst im Kreise.
Unser Plum dagegen zeigt
Sich zur Zärtlichkeit geneigt.

Denen, die die Ruhe pflegen,
Kommen manche ungelegen.

»Marsch« – Mit diesem barschen Wort
Stößt man sie nach außen fort. –

Kühle weckt die Tätigkeit;
Tätigkeit verkürzt die Zeit.
Sehr willkommen sind dazu
Hier die Hose, da der Schuh;

Welche, eh der Tag beginnt,
Auch bereits verändert sind.

Für den Vater welch ein Schrecken,
Als er kam und wollte wecken.
Der Gedanke macht ihn blass,
Wenn er fragt: Was kostet das?

Schon will er die Knaben strafen,
Welche tun, als ob sie schlafen.
Doch die Mutter fleht: »Ich bitt dich,
Sei nicht grausam, bester Fittig!!«
Diese Worte, liebevoll
Schmelzen seinen Vatergroll.

Paul und Peter ist's egal.
Peter geht vorerst einmal
In zwei Schlapp-Pantoffeln los,
Paul in seiner Zackenhos.

Plisch und Plum, weil ohne Sitte,
Kommen in die Hundehütte.

»Ist fatal!« – bemerkte Schlich –
»Hehe! aber nicht für mich!«

VIERTES KAPITEL

Endlich fing im Drahtgehäuse
Sich die frechste aller Mäuse,
Welche Mama Fittig immer,
Bald im Keller, bald im Zimmer,
Und besonders in der Nacht,
Fürchterlich nervös gemacht.

Diese gibt für Plisch und Plum
Ein erwünschtes Gaudium;
Denn jetzt heißt es: »Mal heraus,
Alte böse, Knuspermaus!«

Husch! des Peters Hosenbein,
Denkt sie, soll ihr Schutz verleihn.

Plisch verfolgt sie in das Rohr;
Plum steht anderseits davor.

Knipp! in sein Geruchsorgan
Bohrt die Maus den Nagezahn.

Plisch will sie am Schwanze ziehn,

Knipp! am Ohre hat sie ihn.

Siehst du wohl, da läuft sie hin
In das Beet der Nachbarin.

Kritzekratze, wehe dir,
Du geliebte Blumenzier!

Madam Kümmel will soeben
Öl auf ihre Lampe geben.
Fast wär ihr das Herz geknickt,
Als sie in den Garten blickt.

Sie beflügelt ihren Schritt.
Und die Kanne bringt sie mit.

Zornig, aber mit Genuss
Gibt sie jedem einen Guss:
Erst dem Plisch und dann dem Plum.

Scharf ist das Petroleum;
Und die Wirkung, die es macht,
Hat Frau Kümmel nicht bedacht.

Aber was sich nun begibt,
Macht Frau Kümmel so betrübt,
Dass sie, wie vom Wahn umfächelt,
Ihre Augen schließt und lächelt.

Mit dem Seufzerhauche: U!
Stößt ihr eine Ohnmacht zu.

Paul und Peter, frech und kühl,
Zeigen wenig Mitgefühl;
Fremder Leute Seelenschmerzen
Nehmen sie sich nicht zu Herzen.

»Ist fatal!«, – bemerkte Schlich –
»Hehe! aber nicht für mich.«

Das nun folgende fünfte Kapitel wird in kleineren Lettern abgedruckt, weil Text und Zeichnungen eindeutig antijüdische Klischees bedienen. Warum wurde entschieden, es überhaupt abzudrucken? Wilhelm Buschs Spott macht eben vor nichts Halt, weder vor dem Klerus der christlichen Kirchen noch vor Lehrern oder anderen Respektspersonen. In diesen Zusammenhang gestellt, darf der offensichtliche Antisemitismus des Kapitels zwar nicht entschuldigt werden, er relativiert sich jedoch zum Teil.

FÜNFTES KAPITEL

Kurz die Hose, lang der Rock,
Krumm die Nase und der Stock,
Augen schwarz und Seele grau,
Hut nach hinten, Miene schlau –
So ist Schmulchen Schievelbeiner.
(Schöner ist doch unsereiner!)

Er ist grad vor Fittigs Tür;
Rauwauwau! erschallt es hier. –

Kaum verhallt der raue Ton,
So erfolgt das Weitre schon.

Und wie schnell er sich auch dreht,
Ach, er fühlt, es ist zu spät;

Unterhalb des Rockelores
Geht sein ganzes Sach kapores.

Soll ihm das noch mal passieren?
Nein, Vernunft soll triumphieren.

Schnupp! Er hat den Hut im Munde.
Staunend sehen es die Hunde,
Wie er so als Quadruped
Rückwärts durch die Türe geht,

Wo Frau Fittig nur mal eben
Sehen will, was sich begeben.

Sanft, wie auf die Bank von Moos,
Setzt er sich in ihren Schoß.

Fittig eilte auch herbei. –
»Wai!« – rief Schmul – »ich bin entzwei!
Zahlt der Herr von Fittig nicht,
Werd ich klagen bei's Gericht!«

Er muss zahlen. – Und von je
Tat ihm das doch gar so weh.

Auf das Knabenpaar zurück
Wirft er einen scharfen Blick,
So, als ob er sagen will:
»Schämt euch nur; ich schweige still!«
Doch die kümmern sich nicht viel
Um des Vaters Mienenspiel. –

»Ist fatal!«, – bemerkte Schlich –
»Hehe! aber nicht für mich.«

SECHSTES KAPITEL

Plisch und Plum, wie leider klar,
Sind ein niederträchtig Paar;
Niederträchtig, aber einig,
Und in letzter Hinsicht, mein ich,
Immerhin noch zu verehren;
Doch wie lange wird es währen?
Bösewicht mit Bösewicht –
Auf die Dauer geht es nicht.

Vis-à-vis im Sonnenschein
Saß ein Hündchen hübsch und klein.
Dieser Anblick ist für beide
Eine unverhoffte Freude.

Jeder möchte vorne stehen,
Um entzückt hinaufzuspähen.
Hat sich Plisch hervorgedrängt,
Fühlt der Plum sich tief gekränkt.

Drängt nach vorne sich der Plum,
Nimmt der Plisch die Sache krumm.

Schon erhebt sich dumpfes Grollen,
Füße scharren, Augen rollen,

Und der heiße Kampf beginnt;

Plum muss laufen, Plisch gewinnt.

Mama Fittig machte grad
Pfannekuchen und Salat,
Das bekannte Leibgericht,
Was so sehr zum Herzen spricht.

Hurra! da kommt mit Ungestüm
Plum, und Plisch ist hinter ihm.

Schemel, Topf und Kuchenbrei
Mischt sich in die Beißerei. –

»Warte, Plisch! du Schwerenöter!«
Damit reichte ihm der Peter
Einen wohlgezielten Hieb. –
Das ist aber Paul nicht lieb.

»Warum schlägst du meinen Köter?«
Ruft der Paul und haut den Peter.

Dieser, auch nicht angefroren,
Klatscht dem Paul um seine Ohren.

Jetzt wird's aber desperat. –
Ach, der köstliche Salat
Dient den aufgeregten Geistern,
Sich damit zu überkleistern.

Papa Fittig kommt gesprungen
Mit dem Stocke hochgeschwungen.
Mama Fittig, voller Güte,
Dass sie dies Malör verhüte,
»Bester Fittig« – ruft sie – »fass dich!«
Dabei ist sie etwas hastig.

Ihre Haube, zart umflort,
Wird von Fittigs Stock durchbohrt.
»Hehe!« – lacht der böse Schlich –
»Wie ich sehe, hat man sich!«

Wer sich freut, wer wen betrübt,
Macht sich meistens unbeliebt.

Lästig durch die große Hitze
Ist die Pfannekuchenmütze.

»Höchst fatal!« – bemerkte Schlich –
»Aber diesmal auch für mich!«

SIEBTES KAPITEL

Seht, da sitzen Plisch und Plum
Voll Verdruss und machten brumm!
Denn zwei Ketten, gar nicht lang,
Hemmen ihren Tatendrang.

Und auch Fittig hat Beschwerden.
»Dies« – denkt er – »muss anders werden!
Tugend will ermuntert sein,
Bosheit kann man schon allein!«

Daher sitzen Paul und Peter
Jetzt vor Bokelmanns Katheder;
Und Magister Bokelmann
Hub wie folgt zu reden an:

»Geliebte Knaben, ich bin erfreut,
Dass ihr nunmehro gekommen seid,
Um, wie ich hoffe, mit allen Kräften
Augen und Ohren auf mich zu heften. –
Zum Ersten: Lasset uns fleißig betreiben
Lesen, Kopf-, Tafelrechnen und Schreiben,
Alldieweil der Mensch durch sotane Künste
Zu Ehren gelanget und Brotgewinnste.
Zum Zweiten: Was würde das aber besagen
Ohne ein höfliches Wohlbetragen,
Denn wer nicht höflich nach allen Seiten,

Hat doch nur lauter Verdrießlichkeiten.
Darum zum Schlusse – denn sehet, so bin ich –
Bitt ich euch dringend, inständigst und innig,

Habt ihr beschlossen in eurem Gemüte,
Meiner Lehre zu folgen in aller Güte,
So reichet die Hände und blicket mich an
Und sprechet: Jawohl, Herr Bockelmann!«

Paul und Peter denken froh:
»Alter Junge, bist du so??«
Keine Antwort geben sie,
Sondern machen nur hihi!
Worauf er, der leise pfiff,
Wiederum das Wort ergriff.
»Dieweil ihr denn gesonnen« – so spricht er –
»Euch zu verhärten als Bösewichter,
So bin ich gesonnen, euch dahingegen
Allhier mal über das Pult zu legen,
Um solchermaßen mit einigen Streichen
Die harten Gemüter zu erweichen.«

Flugs hervor aus seinem Kleide,
Wie den Säbel aus der Scheide,

Zieht er seine harte, gute,
Schlanke, schwanke Haselrute,
Fasst mit kund'ger Hand im Nacken
Paul und Peter bei den Jacken

Und verklopft sie so vereint,
Bis es ihm genügend scheint.

»Nunmehr« – so sprach er in guter Ruh –
»Meine lieben Knaben, was sagt ihr dazu??
Seid ihr zufrieden und sind wir uns einig??«
»Jawohl, Herr Bokelmann!« riefen sie schleunig.

Dies ist Bokelmanns Manier.
Dass sie gut, das sehen wir.
Jeder sagte, jeder fand:
»Paul und Peter sind scharmant!!«

Aber auch für Plisch und Plum
Nahte sich das Studium
Und die nötige Dressur,
Ganz wie Bokelmann verfuhr.

Bald sind beide kunstgeübt,
Daher allgemein beliebt,
Und, wie das mit Recht geschieht,
Auf die Kunst folgt der Profit.

SCHLUSS

Zugereist in diese Gegend,
Noch viel mehr als sehr vermögend,
In der Hand das Perspektiv,
Kam ein Mister namens Pief.
»Warum soll ich nicht beim Gehen« –
Sprach er – »in die Ferne sehen?
Schön ist es auch anderswo,
Und hier bin ich sowieso.«

Hierbei aber stolpert er
In den Teich und sieht nichts mehr.

»Paul und Peter, meine Lieben,
Wo ist denn der Herr geblieben?«
Fragte Fittig, der mit ihnen
Hier spazieren geht im Grünen.

Doch wo der geblieben war,
Wird ihm ohne dieses klar.
Ohne Perspektiv und Hut
Steigt er ruhig aus der Flut.

»Alleh, Plisch und Plum, apport!«
Tönte das Kommandowort.
Streng gewöhnt an das Parieren,
Tauchen sie und apportieren
Das Vermisste prompt und schnell.

Mister Pief sprach: »Weriwell!
Diese zwei gefallen mir!
Wollt ihr hundert Mark dafür?«

Drauf erwidert Papa Fittig
Ohne Weitres: »Ei, da bitt ich!«
Er fühlt sich wie neugestärkt,
Als er so viel Geld bemerkt.

»Also, Plisch und Plum, ihr beiden,
Lebet wohl, wir müssen scheiden,
Ach, an dieser Stelle hier,
Wo vor einem Jahr wir vier
In so schmerzlich süßer Stunde
Uns vereint zu einem Bunde;
Lebt vergnügt und ohne Not,
Beefsteak sei euer täglich Brot!«

Schlich, der auch herbeigekommen,
Hat dies alles wahrgenommen.
Fremdes Glück ist ihm zu schwer.
»Recht erfreulich!« – murmelt er –
»Aber leider nicht für mich!!«

Plötzlich fühlt er einen Stich,
Kriegt vor Neid den Seelenkrampf,
Macht geschwind noch etwas Dampf,

Fällt ins Wasser, dass es zischt,
Und der Lebensdocht erlischt. –

Einst belebt von seinem Hauche,
Jetzt mit spärlich mattem Rauche
Glimmt die Pfeife noch so weiter
Und verzehrt die letzten Kräuter.
Noch ein Wölkchen blau und kraus –
Phütt! – ist die Geschichte.

ANMERKUNGEN ZUM NAMEN DER PENSION ZUM EWIGEN FRIEDEN

Eine Pension *Zum ewigen Frieden* muss es tatsächlich einmal gegeben haben. Immanuel Kant berichtet uns augenzwinkernd, auf den Titel seiner bekannten gleichnamigen Schrift, bei der er ein friedensstiftendes Rechtsverhältnis zwischen den Staaten einfordert, durch den Gasthof eines holländischen Gastwirts gekommen zu sein. Auf dessen Wirtshausschild habe ein aufgemalter Friedhof in der Sonne geblinkt. Der »ewige Frieden« ist demnach nichts anderes als der Tod.

… UND GANZ ZUM SCHLUSS: DAS REZEPT VON TANTE DÖRTES HÜHNERFRIKASSEE

Zutaten:

500 Gramm Suppenhuhn gegart
100 Gramm Butter
90 Gramm Mehl
250 Gramm fette Milch
750 Gramm Hühnerbrühe
60 Gramm Kapern
1 Esslöffel Zitrone
1 Esslöffel Worcestersoße
320 Gramm Spargel (aus der Konserve!)
170 Gramm Champignons (ebenfalls auf Ruhrpottart natürlich frisch aus der Konserve!)

Zubereitung

Das Fleisch des Suppenhuhns sorgfältig häuten und von allen Knochen befreien, anschließend liebevoll in kleine Stücke rupfen. Spargel und Champignons (in der Dose gereift) in einem Sieb abtropfen lassen, den Gemüsesud in einer Tupperschüssel auffangen. Die Champignons in Scheiben schneiden, den Spargel in mundgerechte Stücke.

Nun die Bechamelsoße à la Tante Dörte herstellen:

Die Butter in einem Kochtopf zerlassen, das Mehl hinzugeben und die Masse unter beständigem Rühren andicken (durfte als Kind der kleine Karl-Dieter machen!). Weiter rühren und dabei behutsam immer wieder einen kleinen Guss Milch nachgeben, in der gleichen Weise dann mit der Hühnerbrühe verfahren, zuletzt noch den Spargel-Champignons-Saft ebenfalls schlückchenweise einrühren. Die Kapern inklusive Kapernsaft zugeben und die Soße mit Salz, Pfeffer, Zitronensaft und Worcestersoße würzen.

Das Hühnerfrikassee, die Spargelstücke und die Champignonscheiben hinzutun und bei geringer Hitze erwärmen. Als Beilage wird gebutterter Reis empfohlen.

Guten Appetit!

(Im Ruhrpott trinkt man ein gepflegtes Pilsken dazu, aber auch ein guter Silvaner aus Franken passt hervorragend.)

Weitere Titel finden Sie auf den folgenden Seiten und im Internet:

WWW.GMEINER-VERLAG.DE

Alle Bücher von Johannes Wilkes:

Kommissar Mütze ermittelt
1. Fall: Der Fall Fontane
ISBN 978-3-8392-2431-1

2. Fall: Der Fall Gloriosa
ISBN 978-3-8392-2809-8

3. Fall: Max und Moritz – Was wirklich geschah
ISBN 978-3-8392-0049-0

Unser schönes Thüringen
ISBN 978-3-8392-2537-0

77 versteckte Orte in Berlin
ISBN 978-3-8392-2788-6

ANSGAR THIEL
NETWORK
THRILLER
GMEINER
© peshkov / stock.adobe.com

Anne Nordby
Eis. Kalt. Tot.
Thriller
505 Seiten
13,5 x 21 cm,
Premium-Klappenbroschur
ISBN 978-3-8392-0024-7
€ 16,00 [D] / € 16,50 [A]

Wenn sich die beschaulichen Gassen von Kopenhagen in einen Ort des Grauens verwandeln und du nicht weißt, ob du das nächste Opfer bist …

Ein bizarrer Fall für die Super-Recognizerin Marit Rauch Iversen und ihre Kollegen von der Mordkommission.

Zwischen Abscheu und Faszination – Anne Nørdby besitzt das einzigartige Talent, das Unaussprechliche in Worte zu fassen. Verbunden mit einer gehörigen Portion Adrenalin.

GMEINER SPANNUNG

WWW.GMEINER-VERLAG.DE
Wir machen's spannend

DIE NEUEN Lieblings-plätze

ISBN 978-3-8392-2730-5

ISBN 978-3-8392-2929-3

ISBN 978-3-8392-2614-8

ISBN 978-3-8392-2930-9

ISBN 978-3-8392-2927-9

ISBN 978-3-8392-0043-8

ISBN 978-3-8392-2926-2

ISBN 978-3-8392-2925-5

ISBN 978-3-8392-0044-5

ISBN 978-3-8392-2932-3

ISBN 978-3-8392-2924-8

ISBN 978-3-8392-2624-7

ISBN 978-3-8392-2628-5

ISBN 978-3-8392-2931-6

ISBN 978-3-8392-2634-6

ISBN 978-3-8392-2928-6

GMEINER KULTUR

WWW.GMEINER-VERLAG.DE
Mensch, Kultur, Region